ぼくのたった一つのミス

SNS／AI編

藤白圭 文
中島花野 絵
高橋暁子 監修

ただのきまぐれ。
わたしは大丈夫《だいじょうぶ》。ぼくは大丈夫。
ついカッとなってしまった。
一度《いちど》だけなら。
みんなやっているから。

それが
破滅《はめつ》のはじまり……

もくじ

61290342051

1 何気なく投稿《とうこう》しただけなのに

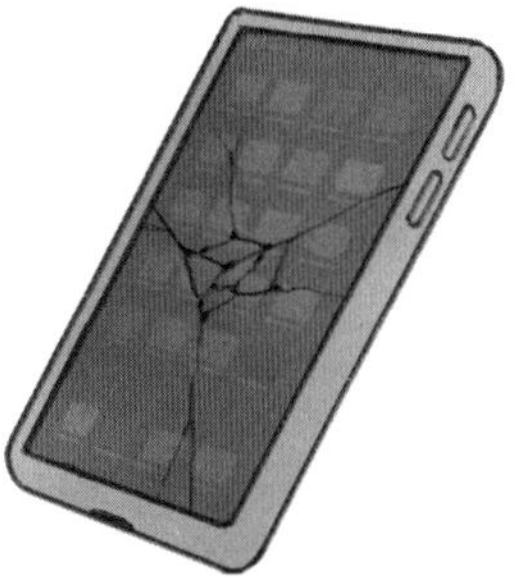

高校入学を機《き》に、大翔《だいと》はアルバイトを始《はじ》めた。

両親《りょうしん》はどちらも正社員《せいしゃいん》で働《はたら》いているが、大翔には弟二人と妹がいる。

家計はギリギリだ。

少しでも家計の支援《しえん》をしたいのはもちろんのこと、大学進学費用《しんがくひよう》を稼《かせ》ぎたいといって、両親や学校の許可《きょか》を得《え》た。

アルバイト先は、家から徒歩《とほ》十五分ほどのところにあるカフェだ。

営業《えいぎょう》時間は二十時までなので、週に三日か四日、十七時から閉店《へいてん》まで働かせてもらっている。

「あー……今日は忙《いそが》しかったな」

アルバイトを始めて一年が経《た》つ。

ホールスタッフとして採用《さいよう》されたものの、最初《さいしょ》は慣《な》れない接客《せっきゃく》や配膳《はいぜん》に戸惑《とまど》うばかりで、清掃《せいそう》や備品《びひん》の補充《ほじゅう》といった裏方作業《うらかたさぎょう》ばかりをしていた。

けれど、今ではレジ打《う》ちはもちろんのこと、販促用《はんそくよう》POP《ポップ》の飾《かざ》り付《つ》けやメニュー表《ひょう》の制作《せいさく》、ドリンク作りや料理《りょうり》の盛《も》りつけと、ホール以外《いがい》の仕事《しごと》もマルチにこなしている。

今日は閉店ギリギリまで多くの客《きゃく》が滞在《たいざい》し、閉店作業も遅《おそ》くなった。

いつもなら二十時三十分──遅くとも、二十一時前には店をでられるのだが、レジ締《し》め、片付《かたづ》け、清掃を終《お》えた時には、すでに二十一時を過《す》ぎていた。

カフェから家までは、人通りが多く、比較的《ひかくてき》広い道を使《つか》うルートと、人通りが少なく、狭《せま》い道を使うルートがある。

人通りの多い道は街路灯《がいろとう》が多いので、明るくて安全《あんぜん》だ。

けれど、遠回りになる。

少しでも早く帰りたい大翔は、いつも人通りの少ない道を使っている。

大翔は店の裏口《うらぐち》からでると、店の正面《しょうめん》に立つ。

スマートフォンを取《と》りだし、照明《しょうめい》の消《き》えた店をカメラ機能《きのう》で撮影《さつえい》した。

スマートフォンを操作《そうさ》しながら、通い慣《な》れた狭《せま》い路地《ろじ》に足を踏《ふ》み入れる。

『バイト終了《しゅうりょう》。帰宅《きたく》したら勉強《べんきょう》する俺《おれ》って偉《えら》いよな』

撮影《さつえい》したばかりの店の写真《しゃしん》に、短《みじか》いコメントをつけてSNS《エスエヌエス》にアップする。

そのままSNSをチェックしながら歩いていると、前からタッタッタッと近づいてくる足音が聞こえた。

足音が気になり、大翔《だいと》は顔をあげる。

すると、黒のパーカーに黒いズボンをはいた細身《ほそみ》の男性《だんせい》が、全力疾走《ぜんりょくしっそう》で迫《せま》ってきていた。

あまりの勢《いきお》いに体がすくむ。

道の端《はし》に寄《よ》ることすらできず、ただ突《つ》っ立っていた大翔の肩《かた》に、男性の肩が思いっきりぶつかった。

「すみません」

反射的《はんしゃてき》に謝《あやま》る大翔に、男性は舌打《したう》ちし、そのまま走り去《さ》っていった。

「こっちは謝《あやま》ったっていうのに……なんだよ、あの人」

大翔《だいと》は肩《かた》をこすりながら口を尖《とが》らせた。


『変《へん》な男がぶつかってきた。まじ、サイアク』


直接《ちょくせつ》本人にいえない文句《もんく》を、SNS《エスエヌエス》に吐《は》きだす。

すぐにフォロワーからリプライがくる。

心配《しんぱい》してくれたり、一緒《いっしょ》に怒《おこ》ってくれたりするフォロワーに返事《へんじ》をしながら、大翔は帰宅《きたく》した。


翌朝《よくあさ》、大翔はスマートフォンのアラームで目が覚《さ》めた。

リビングに下りると、テレビを見ていた母が振《ふ》り返《かえ》る。

「ねえ、大翔。この場所《ばしょ》って、バイト先の近くよね？」

母がテレビを指《ゆび》さした。

[リプライ] メッセージや投稿《とうこう》に返信《へんしん》すること

通《とお》り魔殺人事件《まさつじんじけん》のニュースが流《なが》れている。

画面《がめん》に映《うつ》る事件現場《げんば》の映像《えいぞう》を見て、大翔は目を見開《みひら》いた。

「ほんとだ！　この場所、俺《おれ》がいつも使《つか》っている道の一本裏《うら》の道だよ。しかも、事件が起《お》きた時間って、ちょうど俺がバイト先から帰ってる時じゃん」

いつも使っている道が一本違《ちが》っていたら、大翔が犠牲《ぎせい》になっていたかもしれない。

けれど、実際《じっさい》に大翔が襲《おそ》われたわけではない。

目立ちたがり屋《や》な大翔は、承認欲求《しょうにんよっきゅう》が強い。

ＳＮＳで多くの人に注目《ちゅうもく》されたいといつも思っていた。

そのため、身近《みぢか》で起きた殺人事件だというのに、怖《こわ》いと思うよりも、ネタになるという思いのほうが強かった。

即座《そくざ》に呟《つぶや》き系《けい》のＳＮＳアプリを起動《きどう》させる。

話題《わだい》のポストの中に、通り魔事件のニュースがあった。

ニュースのポストの引用ポストマークをタップする。

［**ポスト**］メッセージなどの投稿《とうこう》の総称《そうしょう》

『#通《とお》り魔《ま》事件《じけん》　#ニアミス　ちょうど事件が起《お》きた時間帯《じかんたい》にバイト先から帰っていた。しかも、俺《おれ》が歩いていた道。事件現場付近《げんばふきん》なんだよね』


手早くコメントを打《う》ち込《こ》み、引用ポストする。

朝の忙《いそが》しい時間帯だ。すぐに反応《はんのう》はないだろうと思い、大翔《だいと》はスマートフォンをテーブルに伏《ふ》せて朝食をとりはじめた。

通知音が連続《れんぞく》で鳴り響《ひび》く。

大翔はパンをかじりながら、スマートフォンを確認《かくにん》する。

すべてSNS《エスエヌエス》の通知だ。大翔はSNSのアプリを開《ひら》いた。


『悲鳴《ひめい》とか聞こえなかったの？』

『犯人《はんにん》見た？』


投稿《とうこう》した直後から、次々《つぎつぎ》といいねやリポスト、リプライが増《ふ》えていく。

［**引用ポスト**］他《ほか》のユーザーの投稿に自身《じしん》のコメントを付《つ》けて再投稿《さいとうこう》できる機能《きのう》のこと
［**いいね**］投稿をお気に入りにいれる機能のこと　［**リポスト**］投稿を自分のフォロワーにも見られる状態にすること　［**リプライ**］投稿者《とうこうしゃ》に返信《へんしん》をすること

SNSをはじめて五年以上経《いじょうた》つが、こんなことは初めてだ。

「もっと刺激的《しげきてき》なポストをすればバズるかもしれない……」

短時間《たんじかん》で伸《の》びていくポストを見て欲《よく》をだした大翔は、昨夜《ゆうべ》ぶつかってきた男性《だんせい》のことを思いだした。

「怪《あや》しい男には間違《まちが》いないもんな」

昨夜の態度《たいど》にムカついていた大翔は、罪悪感《ざいあくかん》を覚《おぼ》えることなく、男性のことをポストのネタとして利用《りよう》することにした。


『昨夜ぶつかった男って……まさかね？　#通り魔事件』


大翔の狙《ねら》い通り、凄《すさ》まじい勢《いきお》いでポストが伸びていく。掴《つか》みはOK《オーケー》だ。

『黒いパーカーに黒いズボンをはいてた』『身長《しんちょう》は170cm《センチメートル》前後』『細身《ほそみ》で目つきが悪《わる》い』と、男性の特徴《とくちょう》を次々に打ち込めば、リプライも増えていく。

［バズる］SNSの中で注目《ちゅうもく》されること

『お前、そんな大事《だいじ》な情報《じょうほう》、こんなところに書いている場合じゃないだろ』

『このポストを犯人《はんにん》が見て、ポスト主《ぬし》が通《とお》り魔《ま》に襲《おそ》われるに一票《いっぴょう》』

『早く警察《けいさつ》にいけ』


ふざけたものもあれば、真剣《しんけん》に心配《しんぱい》してくれるものもある。

ネタとして投稿《とうこう》した大翔《だいと》に危機感《ききかん》はない。

けれど、『危《あぶ》ない』『警察で話せ』という意見《いけん》があまりにも多いので、『今から学校。今日も閉店《へいてん》までバイトだから、帰りに寄《よ》るよ』と追加《ついか》ポストをした。


通り魔事件《じけん》についてのポストがバズった大翔は、その日、学校でも話題《わだい》の中心となった。

ぶつかった怪《あや》しい男について聞かれるたびに、大袈裟《おおげさ》に話して聞かせる。

その様子《ようす》を見ていた仲《なか》のいい友人が、真剣な面持《おもも》ちで大翔に話しかけてきた。

「犯人がこのポストを見てたら、お前、口封《くちふう》じに狙《ねら》われるんじゃないか？」

「いやいや。名前も顔もだしていないから、俺《おれ》だって特定《とくてい》できないだろ」

心配性《しんぱいしょう》の友人に、大翔は笑《わら》って返《かえ》した。

その後も、他《ほか》の友人たちにも何度《なんど》か忠告《ちゅうこく》される。

その都度《つど》、大翔は「大丈夫《だいじょうぶ》だよ」と言って、軽《かる》く受《う》け流《なが》し、学校での一日を終《お》えた。


この日もまた、バイト先は閉店ギリギリまで大盛況《だいせいきょう》だった。

閉店作業《さぎょう》を終え、大翔は店長に挨拶《あいさつ》をしてから店をでる。

「はあ。学校帰りに二日連続《れんぞく》で閉店作業は疲《つか》れるな」

首を回し、肩《かた》や首の凝《こ》りをほぐしながら、大翔はスマートフォンを操作《そうさ》する。

SNS《エスエヌエス》を確認《かくにん》すれば、『警察にはいった?』というリプライが多くきていた。

交番や警察署《けいさつしょ》は、家とは反対方向《はんたいほうこう》にある。

「犯人かどうかもわからないし。目撃《もくげき》情報なんて、電話で話せばいいだろ」

疲れていた大翔は警察には寄らず、さっさと帰宅《きたく》することに決《き》めた。

誰《だれ》もいない狭《せま》い路地裏《ろじうら》を進《すす》む。

五分ほど歩いたところで、大翔《だいと》は自分以外《いがい》の足音が響《ひび》いていることに気がついた。
大翔が歩くスピードを落《お》とすと、足音も遅《おそ》くなった。
なんとなく怖《こわ》くなり、歩くスピードをあげると、足音も速《はや》くなる。
まさかと思い、大翔は足を止めた。
恐《おそ》る恐る振《ふ》り返《かえ》ると、背後《はいご》から黒い影《かげ》が物凄《ものすご》いスピードで近づいてきた。
街路灯《がいろとう》の光で、黒い影の姿《すがた》が露《あら》わになる。
昨夜《ゆうべ》とまったく同じ、黒いパーカーに黒いズボンをはいた男性《だんせい》だった。
大翔が悲鳴《ひめい》をあげるよりも先に男性の大きな手が、大翔の口を覆《おお》う。

「昨夜、俺《おれ》とぶつかったことをSNS《エスエヌエス》で発信《はっしん》しなきゃよかったのにな」

大翔は男性にスマートフォンの画面《がめん》を突《つ》きつけられた。
そこには、照明《しょうめい》の消《き》えた大翔のバイト先の写真《しゃしん》が表示《ひょうじ》されていた。
明らかに、大翔が昨日《きのう》ポストした写真をダウンロードしたものだ。

男性《だんせい》はそのままスマートフォンの画面《がめん》を親指《おやゆび》一つでスワイプしていく。

表示《ひょうじ》されるのは、どれも、大翔《だいと》が学校やアルバイト先で撮《と》って、ＳＮＳ《エスエヌエス》に投稿《とうこう》した写真《しゃしん》ばかりだ。

「おまえを探《さが》し当てるのは簡単《かんたん》だったよ」

大翔の耳元で囁《ささや》きながら、男性がスマートフォンの画面をスワイプする。

そこに表示されたのは、大翔が別《べつ》のＳＮＳに投稿した自撮《じど》り写真だ。

その写真を見て目を見開《みひら》いたと同時に、大翔はナイフで腹《はら》を刺《さ》され、意識《いしき》を失《うしな》った。

解説《かいせつ》

バイトの帰り道でぶつかった男性《だんせい》に苛立《いらだ》ちを覚《おぼ》え、SNS《エスエヌエス》に愚痴《ぐち》をポストした大翔《だいと》は、翌朝《よくあさ》、たまたま同日、同時刻帯《どうじこくたい》にバイト先付近《ふきん》で通《とお》り魔殺人事件《まさつじんじけん》が起《お》きたことを知りました。

大翔自身《じしん》は、ぶつかった男性が通り魔殺人の犯人《はんにん》だとは思っていませんが、ネタになると思い、「犯人と遭遇《そうぐう》したかも?」と、安易《あんい》にポストしてしまいました。

そのポストに対《たい》し、多くの人が反応《はんのう》するのを見て、大翔はバズらせたいという欲《よく》がでてしまい、ぶつかった男性の特徴《とくちょう》をポストして、拡散《かくさん》。

大翔の思惑《おもわく》通り、通り魔殺人事件についてのポストがバズった結果《けっか》、通り魔殺人事件の犯人の目にも入ってしまいました。

大翔は、バイト先や学校での様子《ようす》を撮《と》った写真《しゃしん》だけでなく、バイトのシフトまでポストしていたため、犯人に個人情報《こじんじょうほう》だけでなく、行動範囲《こうどうはんい》や行動予定《よてい》を特定《とくてい》され、口封《くちふう》じのため殺《ころ》されてしまったのです。

大翔のように、リアルタイムでの居場所《いばしょ》が分かる投稿《とうこう》や、留守《るす》にする時間などが分かる投稿は、ストーカー被害《ひがい》、空《あ》き巣《す》被害等《など》にもつながります。時差《じさ》投稿(「〜にいってきました」など)がおすすめです。

2 悪《わる》ノリしたら大騒動《おおそうどう》

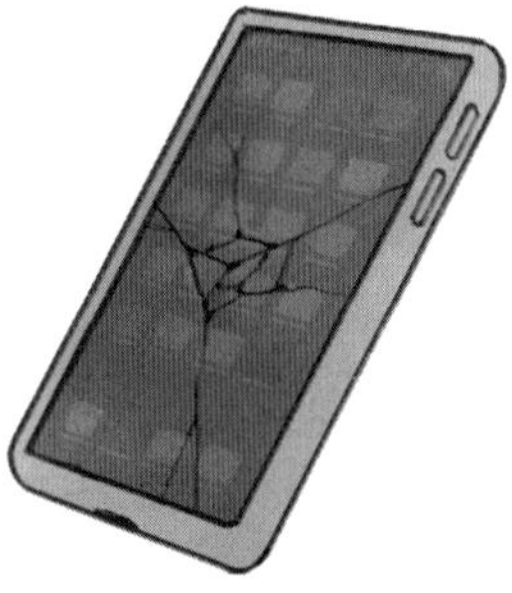

体育《たいいく》大会の練習《れんしゅう》を終《お》えると、陸《りく》は親友の数馬《かずま》と丞太郎《じょうたろう》と一緒《いっしょ》にさっさと制服《せいふく》に着《き》替《が》えた。

三人は教室に戻《もど》る間、愚痴《ぐち》をこぼす。

「体育大会、まじでダルい」

「担任《たんにん》や運動部《うんどうぶ》が張《は》り切りすぎてウザいんだよな」

「わかるわかる。別《べつ》にこっちだって手を抜《ぬ》いてるわけじゃないのに、『もっと速《はや》く走れるだろ』とか言われると気分が萎《な》えるわ」

三人とも運動神経《しんけい》が悪いわけではない。

けれど、〝絶対《ぜったい》に勝《か》てよ〟〝みんなで優勝《ゆうしょう》するぞ〟という圧《あつ》を強く感《かん》じるところに苦手《にがて》意識《いしき》を感じている。

「体育大会、中止になんねぇかな」

ぽつりと漏《も》らした数馬に、陸と丞太郎が頷《うなず》く。

「でも、体育大会が中止になるのって、天気が悪い時だけだろ」

「あとは感染症《かんせんしょう》で学級閉鎖《がっきゅうへいさ》になるとか？」

「どっちも俺《おれ》たちの手でなんとかできるようなものじゃねえな」

がっくりと肩《かた》を落《お》とす数馬に、陸は「他《ほか》にも方法《ほうほう》はあるけどな」と告《つ》げた。

途端《とたん》、数馬と丞太郎が話に飛《と》びつく。

「え？　なになに？」

「どんな方法？」

「ちょっと待《ま》てって。教室に戻ってから落ち着《つ》いて話そう」

興味津々《きょうみしんしん》の二人を落ち着かせたところで、教室に着いた。

体操着《たいそうぎ》をロッカーにいれて、丞太郎の席《せき》に集《あつ》まる。

丞太郎の席は窓際《まどぎわ》の一番後ろなので、内緒話《ないしょばなし》をするにはもってこいだ。

「それで……体育大会を中止にさせる方法って、何があるんだ？」

数馬が陸の顔を覗《のぞ》き込《こ》み、急《せ》かせるように口を開《ひら》いた。

丞太郎《じょうたろう》も期待《きたい》に満《み》ちた目をしている。

陸《りく》は数馬《かずま》と丞太郎に、もっと自分の近くに寄《よ》るよう手招《てまね》きをした。

素直《すなお》に応《おう》じた二人の耳元で、陸は小声で話す。

「学校に『爆破予告《ばくはよこく》』をメールで送《おく》りつけるんだよ」

「は？」

ポカンとする二人に、陸は説明《せつめい》を続《つづ》ける。

「『爆破予告』って、時々《ときどき》ニュースになってるだろ？　あれって、予告メールがあった時点で、人命《じんめい》を優先《ゆうせん》してイベントが中止になったり、爆破を予告された場所《ばしょ》が立入禁止《たちいりきんし》になったりしてるんだよ」

そこで丞太郎が「あっ」と声を漏《も》らした。

「そういえば、ちょっと前にも電車に爆発物《ばくはつぶつ》を仕掛《しか》けたっていう犯行《はんこう》メールが話題《わだい》になってたよな」

「ああ！　結局《けっきょく》、爆破はされなかったし、爆発物も見つからなかったけど、電車は運休《うんきゅう》になった事件《じけん》か！」

「そうそう。つまり、本当に爆弾《ばくだん》なんか仕掛けてなくても、『爆破予告』っていうメール一つで体育《たいいく》大会は中止になるってワケ」

ようやく陸の話に合点がいった二人は、パッと顔を明るくした。

「つまり『ニセ爆破予告』ってわけだな」

「その案《あん》、めちゃくちゃいいじゃん」

「フリーアドレスを使《つか》えば、俺《おれ》らの仕業《しわざ》だってバレないもんな」

乗《の》り気になった二人を見て、陸は「そうだろ、そうだろ」と頷《うなず》くと、丞太郎がハッとしたような顔をした。

「でも、それならSNS《エスエヌエス》に書き込《こ》むほうが自然《しぜん》かもよ」

丞太郎の指摘《してき》に、陸と数馬は首を傾《かし》げた。

「え？　なんで？」

「わざわざメールや電話で脅迫《きょうはく》するのって、よっぽど恨《うら》んでいるか、お金目当てって感《かん》じがするんだよね。でも、SNSって、みんな軽《かる》い気持《きも》ちで『死《し》ね』とか『ぶっ壊《こわ》したい』とか書き込んでるだろ？」

［**フリーアドレス**］無料《むりょう》で使《つか》えるサービス。無料でメールアドレスを取得《しゅとく》し、利用《りよう》できます

「あーっ！　たしかに。そのほうが『ついカッとなってやった』感《かん》があるよな」

「使《つか》い捨《す》てアカウントなら、すぐに消《け》せるし。それでいこう！」

話がまとまり、ＳＮＳ《エスエヌエス》にニセの爆破予告《ばくはよこく》を投稿《とうこう》することにした。

さっそくスマートフォンを取《と》りだし、陸《りく》は新しいフリーメールアドレスを作った。

それから、取得《しゅとく》したばかりのメールアドレスで大手ＳＮＳの使い捨てアカウントを取得する。

そのまま流《なが》れるように投稿画面《がめん》を開《ひら》いた。

「なんて書こうか？」

陸は二人に問《と》いかけた。

「犯人《はんにん》は生徒《せいと》じゃないって思わせたいよな」

「かといって、愉快犯的《ゆかいはんてき》な感じだと、かえって怪《あや》しまれそうだろ」

「なら、近隣住人《きんりんじゅうにん》のクレームっぽくしようか」

三人で意見《いけん》を出し合いながら、陸が投稿する内容《ないよう》を打《う》ち込《こ》んでいく。

「これでどうだ？」

完成《かんせい》した文章《ぶんしょう》を二人に見せる。

『橋越《はしこし》高校の体育大会《たいいくたいかい》　毎回、騒音《そうおん》がうるさくて許《ゆる》せない
近隣住人の迷惑《めいわく》を考えろ
体育大会を中止しなければ、学校を爆破《ばくは》してやる』

文章を読み終《お》えたのだろう。二人が同時に顔をあげた。

「いいと思う」

「タグもつけとこうぜ！」

数馬《かずま》の意見を採用《さいよう》し、『#橋越高校　#迷惑　#体育大会　#爆破』とタグもつけて、投稿した。

「明日は予行練習《よこうれんしゅう》だし。この書き込みに信憑性《しんぴょうせい》を持《も》たせるために、誰《だれ》もいない場所《ばしょ》で爆竹《ばくちく》でも鳴らしておく？」

「いいね！　帰りに雑貨屋《ざっかや》に寄《よ》ろう」

そこでタイミングよく授業開始《じゅぎょうかいし》のチャイムが鳴る。

三人は、学校帰りに雑貨屋《ざっかや》へ寄《よ》ることを約束《やくそく》し、それぞれの席《せき》に戻《もど》った。

ホームルームが終《お》わると、三人はすぐに学校をでた。

雑貨屋に向《む》かいながら、『ニセ爆破予告《ばくはよこく》』投稿《とうこう》への反応《はんのう》をチェックする。

「お！　リプきてるじゃん。なになに……『単《たん》なる愚痴《ぐち》かもしれませんが、脅迫罪《きょうはくざい》になりかねないので削除《さくじょ》したほうがいいですよ』『通報《つうほう》しました』だって」

「はいはい。通報したところで誰《だれ》が書いたのか分かりませんけどねー」

陸《りく》がコメントを口にだして読めば、数馬《かずま》が小馬鹿《こばか》にしたように笑《わら》った。

「っていうか、インプレッション数、すっげぇことになってるぞ！」

驚《おどろ》いたような声をあげ、丞太郎《じょうたろう》が画面《がめん》を指《ゆび》さした。陸と数馬もそこを見る。

「うわっ！　ウソだろ。万バズじゃん」

「これなら予行練習中《よこうれんしゅうちゅう》に爆竹《ばくちく》鳴らさなくても、体育《たいいく》大会中止になるかもな」

「中止になってくれたほうがいいよ。よくよく考えたらさ、爆竹なんか使《つか》ったら、先生にバレる可能性《かのうせい》が高いし、物的証拠《ぶってきしょうこ》も残《のこ》っちゃうしね」

三人が話している間にも、インプレッション数が伸《の》びている。

それに伴《ともな》い、『脅迫罪確定《かくてい》』『橋越《はしこし》高校にも連絡《れんらく》しました』というリプライも増《ふ》えていく。

「なあ、ちょっとヤバいんじゃないか？」

不安《ふあん》げな顔をして、丞太郎が自分のスマートフォンで、何かを検索《けんさく》し始《はじ》める。

［インプレッション］その投稿《とうこう》の表示《ひょうじ》回数のことで、主《おも》に広告《こうこく》やSNS《エスエヌエス》の発信《はっしん》が、ユーザーに何回表示されたかを示《しめ》しています

すぐに指《ゆび》を止めたかと思えば、目を大きく見開《みひら》き、顔を真《ま》っ青《さお》にした。

「これ見て！　もうネットニュースになってるよ！」

丞太郎《じょうたろう》があせった顔で、スマートフォンを突《つ》きだした。

画面《がめん》には『橋越《はしこし》高校に爆破予告《ばくはよこく》か⁉』という大きな見出しが表示《ひょうじ》されていた。

画面をスクロールして記事《きじ》を読む。


『爆破予告を受《う》け、学校側《がっこうがわ》が体育《たいいく》大会の中止を決定《けってい》した』と書かれてある。


「よっしゃ！　体育大会中止だ！」

「続《つづ》きを読んでみろよ」

喜《よろこ》ぶ陸《りく》に向《む》かって、丞太郎が硬《かた》い声をだす。陸は記事の続きを読む。

「橋越高校は警察《けいさつ》に被害届《ひがいとどけ》を提出《ていしゅつ》。警察の協力《きょうりょく》のもと、校内に不審物《ふしんぶつ》がないかの確認《かくにん》、不審《ふしん》者《しゃ》への警戒《けいかい》、学校周辺《しゅうへん》の巡回強化《じゅんかいきょうか》を行《おこな》う他《ほか》、爆破予告は悪質《あくしつ》ないたずらとみて警察が捜査《そうさ》を行っている……」

　そこまで読んで、陸は画面から顔をあげた。

「警察が動《うご》いてるって……投稿《とうこう》してから、まだ三時間も経《た》っていないんだぞ？」

　学校側が生徒《せいと》の安全《あんぜん》を優先《ゆうせん》して体育大会を中止するだけだと思い、軽《かる》い気持《きも》ちでニセの爆破予告を投稿したら、大ごとになってしまった。

　さすがにヤバいと思った陸は、即座《そくざ》にアカウントごと削除《さくじょ》する。

　もちろん、使《つか》い捨《す》てアカウントを取得《しゅとく》するために作ったフリーメールアドレスのＩＤ《アイディー》もだ。

「証拠隠滅完了《しょうこいんめつかんりょう》！」

『ニセ爆破予告』の存在《そんざい》そのものが跡形《あとかた》もなく消《き》えたのを見て、数馬《かずま》も丞太郎も胸《むね》を撫《な》でおろした。

　数ヶ月後、平穏《へいおん》な生活を送《おく》っていた陸の家に警察がやってきた。

　突然《とつぜん》のことで困惑《こんわく》する母親に、警察は以前《いぜん》ＳＮＳ《エスエヌエス》上で橋越高校に対し、爆破予告が投稿されたことを説明《せつめい》する。

そして、爆破予告《ばくはよこく》を投稿《とうこう》したスマートフォンの利用《りよう》回線ＩＤ《アイディー》を調《しら》べた結果《けっか》、陸《りく》に辿《たど》り着《つ》いたと告《つ》げた。

陸は『威力業務妨害罪《いりょくぎょうむぼうがいざい》』や『脅迫罪《きょうはくざい》』などの容疑《ようぎ》で逮捕《たいほ》された。

解説《かいせつ》

陸《りく》と数馬《かずま》と丞太郎《じょうたろう》は、体育《たいいく》大会のノリや雰囲気《ふんいき》が苦手《にがて》だという自分勝手《かって》な理由《りゆう》から、体育大会を中止させようと計画しました。

そこで、目をつけたのが、時々《ときどき》見かける『爆破予告《ばくはよこく》』のニュースです。

実際《じっさい》に爆弾《ばくだん》が仕掛《しか》けられていなくても、『爆破予告』があった時点で、人命《じんめい》を優先《ゆうせん》してイベントが中止になったり、爆破を予告された場所《ばしょ》が立入禁止《きんし》になったりすることを知った3人は、SNS《エスエヌエス》で愚痴《ぐち》や文句《もんく》を吐《は》きだすのと同じ感覚《かんかく》で『爆破予告』を投稿《とうこう》してしまいました。

けれど、『爆破予告』というものは、実際に爆弾を仕掛ける、仕掛けないは関係《かんけい》なく、「偽計業務妨害罪《ぎけいぎょうむぼうがいざい》」「威力業務妨害罪《いりょくぎょうむぼうがいざい》」「脅迫罪《きょうはくざい》」などの罪《つみ》に問《と》われます。

また、匿名《とくめい》でもSNSは誰《だれ》が投稿したのか簡単《かんたん》に特定《とくてい》することができるため、陸は警察《けいさつ》に逮捕《たいほ》されてしまいました。

SNSに一度《いちど》投稿すると、たとえ削除《さくじょ》したとしても、インターネットプロバイダーやサイトにはしっかりと証拠《しょうこ》が残《のこ》っています。
『犯罪《はんざい》予告』は、予告しただけで処罰《しょばつ》の対象《たいしょう》になりますので、いたずらや冗談《じょうだん》でもやめましょう。

3 そのフォロワー、信《しん》じて大丈夫《だいじょうぶ》？

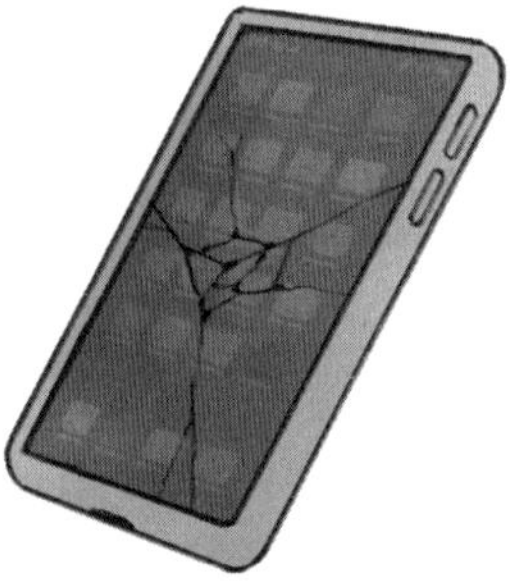

高校に入ってからできた友達《ともだち》が、みんな写真投稿型《しゃしんとうこうがた》のＳＮＳ《エスエヌエス》をやっているので、香奈江《かなえ》も同じＳＮＳにアカウントを作った。

みんな、お洒落《しゃれ》なデザートやかわいい服《ふく》、メイク動画《どうが》なんかを毎日投稿している。

香奈江も同じような投稿を心掛《こころが》けているが、実《じつ》はお洒落なデザートにも、かわいい服にも興味《きょうみ》はない。

ただ、仲間外《なかまはず》れにされるのが怖《こわ》くて、みんなと趣味《しゅみ》や話を合わせているだけだ。

学校から帰宅《きたく》した香奈江は、すぐに制服《せいふく》から部屋着《へやぎ》に着替《きが》えると、スマートフォンを持《も》ってベッドにダイブした。

「本当はＢＬＫ《ビーエルケー》のこととか投稿したいんだけどな……」

香奈江は、ＢＬＫという地下アイドルグループのファンだ。

かなりマニアックなアイドルグループなので、友達にバレたらからかわれるかもしれないため、みんなには秘密《ひみつ》にしている。

「こういっちゃなんだけど……理沙《りさ》たちといるの、疲《つか》れるんだよね」

理沙は高校に入って最初《さいしょ》にできた友達だ。

明るく人懐《ひとなつ》っこい性格《せいかく》で、引《ひ》っ込《こ》み思案《じあん》な香奈江にも話しかけてくれた。

話上手な理沙と聞き上手な香奈江はすぐに仲良《なかよ》くなり、そのまま理沙たちのグループにいれてもらった。

グループのメンバーは、香奈江と理沙、そして、理沙の中学からの友達だという美玖《みく》と真琴《まこと》の四人だ。

類《るい》は友を呼《よ》ぶとはよく言ったもので、美玖も真琴も、お洒落で目立つ。

そんな三人と一緒《いっしょ》にいて恥《は》ずかしくないよう、香奈江は服装《ふくそう》や髪型《かみがた》、メイクに気を遣《つか》うようになった。

話題《わだい》も流行《はや》りのファッションや音楽、動画やドラマが中心なので、見たくもないし、聴《き》きたくもないドラマや音楽をチェックする。

好《す》きなアイドルやアニメについて熱《あつ》く語ることができず、フラストレーションが溜《た》まっていた香奈江《かなえ》は、溜息《ためいき》をつきながらＳＮＳ《エスエヌエス》を開《ひら》いた。

フォロー通知がきている。

見れば、＠Ａｋａｒｉ《エーケーエーアールアイ》というアカウントからだ。

「あれ？　知らない人がフォローしてる」

理沙《りさ》たちに比《くら》べ、投稿頻度《とうこうひんど》も少なく、目立つような写真《しゃしん》をアップすることもない香奈江は、フォローした人数と、フォロワー数が同じだ。

もしかしたら知っている人なのかもと思ったが、『＠Ａｋａｒｉ』という名前に心当たりはない。

香奈江は＠Ａｋａｒｉのプロフィール画面《がめん》を確認《かくにん》することにした。

アイコン画像《がぞう》はプリクラで撮《と》った写真で、知らない制服《せいふく》を着《き》た女子高生だ。

フォロワーはほとんどいないが、フォローしている人は百人近くいる。

投稿数も数回しかない。

最近《さいきん》、ＳＮＳを始《はじ》めたばかりのようだ。

「あー……なんでもかんでもフォローしまくって、フォロワーを増《ふ》やそうとしているタイプの子なのかも」

とはいえ、友達《ともだち》の友達という可能性《かのうせい》もある。

下手にブロックや無視《むし》をして、あとあと揉《も》めるのは嫌《いや》だと思い、香奈江はフォローしている人をチェックする。

「まったく知っている人がいないなあ」

フォローしているアカウントのチェックを終《お》え、今度《こんど》は投稿内容《ないよう》を確認する。

キレイな景色《けしき》や、素敵《すてき》な建物《たてもの》ばかりだ。どの写真にも、かわいくデフォルメ化《か》した男の子のイラストで作ったアクリルスタンドが写《うつ》っていた。

「このアクスタ、『ライライ』じゃん!」

ライライというのは、男性《だんせい》地下アイドルグループ『BLK《ビーエルケー》』のメンバーの一人、轟木來《とどろききらい》のことだ。

不思議《ふしぎ》発言《はつげん》が多い末《すえ》っ子《こ》キャラで、メンバーにもファンにも可愛《かわい》がられている。

BLKの中では一、二を争《あらそ》う人気者《にんきもの》だ。

ただし、BLK《ビーエルケー》自体、まだまだ無名《むめい》でファンが少ない。

香奈江《かなえ》は偶然《ぐうぜん》、動画《どうが》投稿《とうこう》サイトでその存在《そんざい》を知ってファンになったが、周《まわ》りにBLKのファンはいない。

それどころか、友達《ともだち》や家族《かぞく》にオススメの曲《きょく》や動画を紹介《しょうかい》して勧《すす》めても、微妙《びみょう》な反応《はんのう》しか返《かえ》ってこないので、いまではひっそりと推《お》し活している状態《じょうたい》だ。

BLK愛《あい》を語る相手《あいて》に飢《う》えていた香奈江《かなえ》は、アクスタを見た瞬間《しゅんかん》、目を輝《かがや》かせた。

「この子とは、仲良《なかよ》くなれるかも！」

嬉《うれ》しくなってフォローを返す。

ほどなくして、@Akari《エーケーエーアールアイ》からメッセージが届《とど》いた。


『はじめまして、アカリって言います。フォローバック、ありがとう』

待《ま》っていましたとばかりに、香奈江はメッセージを返す。

『はじめまして、KANA《かな》です。もしかして、BLKのファンですか？』

香奈江《かなえ》の問《と》いに、間をあけずに返事《へんじ》がくる。

『え？　もしかしてKANA《かな》さんも？』

『はい！　アカリさんはライライのファンなんですよね？』

『あ……アクスタでわかっちゃいました？　ちなみにKANAさんは誰推《だれお》し？』

『私《わたし》は渋谷健斗《しぶやけんと》くん』

『みんなをまとめるお兄さん的存在《てきそんざい》のシブケン推しなんて、渋《しぶ》いですね！』

同じ趣味《しゅみ》を持《も》つ者同士《ものどうし》、あっという間に話が盛《も》りあがる。

メッセージのやり取《と》りをしているうちに、同い年だとわかり、さらに親しみが湧《わ》く。

いつの間にか、プライベートな話もするようになり、二人は夜遅《おそ》くまでメッセージを続《つづ》けた。

お互《たが》いに、顔も本名も知らない。

顔を合わせることもないからこそ、本音がいえることもある。

アカリとの会話に心地良《ここちよ》さを覚《おぼ》えた香奈江は、それから毎日、メッセージのやり取りをするようになった。

ある日、BLK《ビーエルケー》の話が一段落《いちだんらく》したあと、恋《こい》バナに発展《はってん》した。

『そういえば、最近《さいきん》、翔平《しょうへい》くんの話をしないけど、何かあった?』

アカリからの質問《しつもん》に、香奈江はドキリとした。

香奈江はクラスメイトの翔平に片思《かたおも》いをしている。からかわれたり、冷《ひ》やかされたりするのが嫌《いや》で、学校では秘密《ひみつ》にしているが、アカリには話していた。

少し前までは、翔平と目が合ったり駅《えき》まで一緒《いっしょ》に帰ったりと、些細《ささい》なことでも浮《う》かれていたのだが、ここ最近、状況《じょうきょう》が変《か》わってしまったのだ。

香奈江はアカリにそのことを伝《つた》える。

『同じグループに美玖《みく》っていう子がいるんだけどさ。その子も翔平くんのこと好《す》きだって言いだして、翔平《しょうへい》くんに猛烈《もうれつ》アピールしてるんだよね』

『身近《みぢか》に恋《こい》のライバルが現《あらわ》れたってわけか』

『あんな子、ライバルにもならないよ』

『そうなの？』

『メイク詐欺《さぎ》のすっぴんブスに負《ま》ける気しないし。ただ、あの子。理沙《りさ》たちを味方《みかた》につけて、翔平くんと無理矢理《むりやり》一緒《いっしょ》に帰ったり、グループデートみたいなことをしたりして……やり方が汚《きたな》いんだ』

『へえ』

『どう見ても翔平くんは、美玖《みく》のこと嫌《いや》がっているのにさあ。三人とも自己中《じこちゅう》だから、周囲《しゅうい》の空気や顔色が読めないんだよねえ』

その後も香奈江《かなえ》は美玖たちの悪口《わるくち》や文句《もんく》をさんざん吐《は》きだした。

ようやく気持《きも》ちが落《お》ち着《つ》いたところで、香奈江はアカリに感謝《かんしゃ》する。

『今日は愚痴《ぐち》を聞いてくれてありがとう』

『ううん。香奈江の本音が聞けて、私《わたし》も嬉《うれ》しいよ』

アカリの言葉《ことば》に少し違和感《いわかん》を覚《おぼ》えたものの、香奈江はそこでメッセージのやり取《と》りを終《お》えて就寝《しゅうしん》した。


翌朝《よくあさ》、香奈江はいつも通り教室に足を踏《ふ》み入れた。

途端《とたん》、教室にいたクラスメイトたちが振《ふ》り返《かえ》る。みんなの視線《しせん》が冷《つめ》たい。

「みんな、そんな怖《こわ》い顔をして……どうしたの?」

香奈江は困惑《こんわく》しながら教室内を見渡《みわた》す。

すると、ガタンッと大きな音をたてて理沙が立ちあがった。

その手にはスマートフォンが握《にぎ》られている。

「陰《かげ》でうちらの悪口を言ったり、馬鹿《ばか》にしたりしてたんだね。最低《さいてい》だよ」

理沙が香奈江に向《む》かってスマートフォンを突《つ》きつけた。

その画面《がめん》を見て、香奈江はギョッとする。

画面《がめん》には、ＫＡＮＡ《かな》とＡｋａｒｉ《アカリ》のメッセージのやり取《と》りが表示《ひょうじ》されていた。

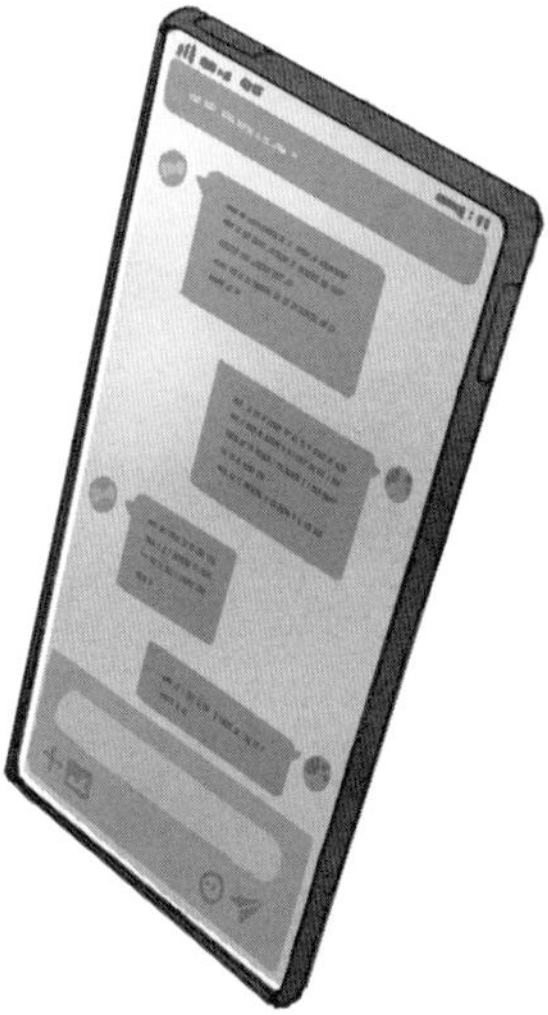

解説《かいせつ》

SNS《エスエヌエス》で知り合った人と、意気投合《いきとうごう》し、仲良《なかよ》くなったり、友達《ともだち》になったりすることは、現代《げんだい》社会においてよくあります。

あまり活用していないSNSのアカウントをフォローしてきたアカリに対《たい》し、最初《さいしょ》は警戒心《けいかいしん》を持《も》っていた香奈江《かなえ》も、同じアイドルが好《す》きだという共通点《きょうつうてん》から、仲良くなりました。

お互《たが》いに顔も本名も知らないし、顔を合わせることもない相手《あいて》だからこそ、素直《すなお》に本音が言えることもあります。いつしか、香奈江はアカリに自分の秘密《ひみつ》や、学校の友達の悪口《わるくち》など、いろいろなことを話すようになっていました。

けれど、アカリのアカウントは、理沙《りさ》が香奈江の本音を探《さぐ》るために作ったニセアカウント。

やり取《と》りだけでアカリを信用《しんよう》して、プライベートの情報まで伝《つた》えてしまった香奈江は、アカリになりすました理沙によって、そのことをクラスメイトたちにバラされてしまいました。

SNSでは、本名や性別《せいべつ》、年齢《ねんれい》、職業《しょくぎょう》、本音など、すべてウソがつけます。

顔写真《かおじゃしん》も他人《たにん》のものを転用《てんよう》することができるので、なりすましも容易《ようい》です。

同世代《どうせだい》などになりすました悪《わる》い大人のグルーミングなども行われているので、要注意《ようちゅうい》です。

[グルーミング] 未成年《みせいねん》の子どもに近づき、二人きりの時間を作るために子どもやその周《まわ》りの大人の信頼《しんらい》を得《え》ようとして使《つか》われる手法《しゅほう》。性犯罪《せいはんざい》。性暴力《せいぼうりょく》につながる可能性《かのうせい》もあります

4 その一言が誤解《ごかい》を招《まね》く

午前中の授業《じゅぎょう》が終《お》わり、昼休みになった。

真弓《まゆみ》は陽菜《ひな》、久美子《くみこ》、沙織《さおり》、巴《ともえ》と一緒《いっしょ》にお弁当《べんとう》を食べる。

人気のコスメや流行《はや》りの音楽の話で盛《も》りあがっていると、陽菜がハッとしたような顔をした。

「来週からテスト週間だよね。どうしよう……全然勉強《ぜんぜんべんきょう》してないや」

陽菜の焦《あせ》ったような声にみんなが反応《はんのう》する。

「うわあ……すっかり忘《わす》れてたぁ」

「私《わたし》、前回のテストで数学赤点だったんだよね。今回も赤点取《と》ったらヤバいんだけど」

頭を抱《かか》えるみんなに、真弓は苦笑《くしょう》する。

「ちゃんと授業受《う》けてれば大丈夫《だいじょうぶ》だよ」

励《はげ》ますつもりで言った言葉《ことば》に、陽菜が頬《ほお》をふくらませる。

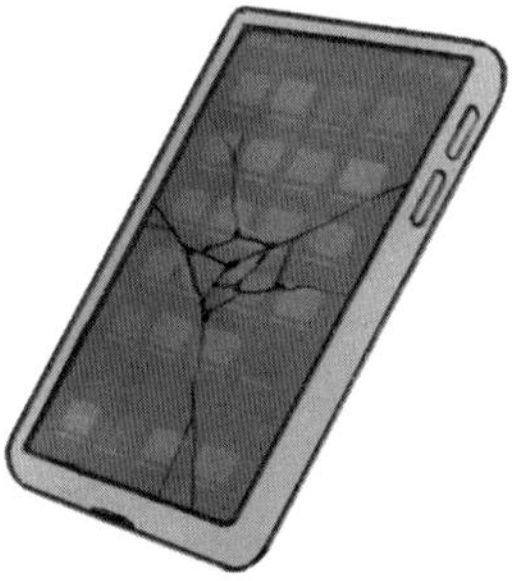

「真弓は頭いいからいいよね」

きつい口調《くちょう》で真弓を責《せ》める陽菜に、久美子も沙織も同調《どうちょう》する。

「そうだよ。自分は勉強してませんって顔して、毎回、成績《せいせき》いいもんね」

「私だってちゃんと授業も受けてるし、家でも勉強してるもん。それでも、数学だけはどうしても苦手《にがて》なんだから、どうすりゃいいのよ」

三人から非難《ひなん》を浴《あ》びた真弓は、どうやってみんなを落《お》ち着《つ》かせようか悩《なや》む。

すると、隣《となり》で様子《ようす》を見ていた巴が口を開《ひら》いた。

「なら、今週末《こんしゅうまつ》、みんなで試験《しけん》勉強しない？」

有名《ゆうめい》な進学塾《しんがくじゅく》に通う巴は、真弓以上《いじょう》に勉強ができる。

そんな巴の提案《ていあん》に、みんなが飛《と》びつく。

「いいね！」

「でも、五人で集《あつ》まれる場所《ばしょ》ってどこ？」

「ファミレス？」

「長時間いたら追《お》いだされるよ」

「じゃあ、図書館《としょかん》は？」

「久美子《くみこ》、声がデカいから叱《しか》られて、即出禁《そくできん》だわ」

勉強会《べんきょうかい》の場所《ばしょ》をどこにするかで盛《も》りあがり、険悪《けんあく》な雰囲気《ふんいき》が一瞬《いっしゅん》で消《き》えた。

真弓《まゆみ》がホッと息《いき》を吐《は》いたところで、陽菜《ひな》がパンッと手を叩《たた》いた。

「そうだ！　真弓んち、先月リフォームが完成《かんせい》したって言ってたよね。真弓の部屋《へや》も広くなったんでしょ？」

暗《あん》に真弓の部屋で勉強会をしようといっているようなものだ。

真弓はみんなから期待《きたい》に満《み》ちた目を向《む》けられる。断《ことわ》れるような雰囲気ではない。

先ほど自分の失言《しつげん》でみんなに嫌《いや》な思いをさせてしまったので、真弓は応《おう》じることにした。

「うん。五人で勉強するぐらいの広さはあるよ。勉強会、うちでやる？」

「いくいく！」

「何気に真弓の家にいくのって、これが初《はじ》めてじゃない？」

「うわー。楽しみぃ！」

はしゃぐみんなに、巴《ともえ》が呆《あき》れたような声をだす。

「こらこら。遊《あそ》びにいくんじゃなくて、試験《しけん》勉強をしにいくんだからね」

「わかってるって！」

場所が決《き》まれば、あとは日程《にってい》だけだ。

それぞれの都合《つごう》を調整《ちょうせい》し、日曜日の朝十時に真弓の家に集合《しゅうごう》することに決まった。


土曜日の午後。

明日の勉強会に備《そな》え、真弓が部屋の掃除《そうじ》をしていると、スマートフォンが鳴る。

画面《がめん》を見ると、陽菜からの着信《ちゃくしん》だった。いったん手を止めて電話にでる。

「もしもし陽菜？　どうしたの？」

「あ、真弓！　明日はよろしくね。ところで、真弓の家までどうやっていくかみんなに聞いた？」

質問《しつもん》の意図《いと》がわからず、真弓は首を傾《かし》げる。

「どうやってって……みんな、うちの住所《じゅうしょ》知ってるでしょ。スマホで調《しら》べれば済《す》む話じゃん。いちいち聞かなくても、自分たちでなんとかするでしょ」

「それ、不親切《ふしんせつ》じゃない？　スマホのナビって、意外《いがい》と迷《まよ》うんだよ。だから、電車でいく子は最寄《もよ》り駅《えき》と、最寄り駅からのルートを教えてあげるべきだし、徒歩《とほ》や自転車《じてんしゃ》だったら、自《じ》宅《たく》から真弓《まゆみ》んちへの一番わかりやすい道を教えてあげたほうが親切でしょ。バスでいく子だっているかもしれないじゃん」

陽菜《ひな》の指摘《してき》はもっともだ。

気遣《きづか》いが足りていなかったことを真弓は反省《はんせい》した。

「たしかにそうだね。いまからグループトークで聞いてみる！」

「うん。そうしなよ」

そのタイミングで、母親が真弓を呼《よ》ぶ。

「真弓ぃ。ちょっと手伝《てつだ》いに来てちょーだい」

母親の大きな声が、電話越《ご》しに陽菜にも聞こえたようだ。

陽菜が苦笑《くしょう》する。

「お母さん呼んでるじゃん。とりあえず、みんなに用件《ようけん》だけ伝《つた》えて、早くお母さんのお手伝いしてあげなよ」

「うん。そうする！」

真弓は陽菜に感謝《かんしゃ》して電話を切ると、グループトークを開《ひら》いた。

『みんな、明日は何で来るの？』

地図やルート案内《あんない》は、返事《へんじ》がきてから個別《こべつ》に連絡《れんらく》すればいいので、簡潔《かんけつ》に用件《ようけん》だけを打《う》ち込《こ》んだ。再《ふたた》び母親に呼《よ》ばれる。

「真弓《まゆみ》、聞こえてるの？　早く手伝《てつだ》って！」

「はーい。いまいく！」

スマートフォンを机《つくえ》の上に置《お》き、真弓は母親のもとへと急《いそ》いだ。

まさか、このメッセージが原因《げんいん》で仲良《なかよ》しグループから外されることになるなんて、真弓は夢《ゆめ》にも思っていなかった。

真弓が離席《りせき》している間、グループトーク内では他《ほか》のメンバーたちがメッセージのやり取《と》りをしていた。

真弓の質問《しつもん》に、誰《だれ》よりも早く返事をしたのは陽菜《ひな》だ。

『明日はなんで来るのって……真弓が勉強会《べんきょうかい》しにおいでって言ったくせに……』

陽菜は真弓のメッセージをわざと歪曲《わいきょく》させ、みんなから反感《はんかん》を買うように仕向《しむ》けた。

テストや勉強に関《かん》してのことで、真弓に不満《ふまん》を持《も》っていた沙織《さおり》や久美子《くみこ》が、まんまと陽菜の誘導《ゆうどう》にのってしまう。

『もしかして、本当はうちらを家に呼びたくなかったんじゃない？』

『家に呼びたくない以前《いぜん》に、私《わたし》たちに勉強を教えたくないのかも』

『真弓って、プライド高いじゃん？　うちらの成績《せいせき》があがるのも嫌《いや》がりそう』

真弓への文句《もんく》が止まらない沙織たちに、陽菜はさらに燃料《ねんりょう》を投下《とうか》する。

『そうなんだよね。実《じつ》はさっき、真弓に電話して、「みんながみんな、真弓みたいに勉強が得意《とくい》じゃないんだから、しっかり教えて」ってお願《ねが》いしたんだ』

『陽菜ってば、優《やさ》しい！』

『それで、真弓はなんて答えたの？』

『ちょっと待《ま》ってね……電話の会話、録音《ろくおん》したから、データ添付《てんぷ》するよ』

陽菜《ひな》はグループトークに、音声データを送信《そうしん》した。

データには前後の会話はなく、ただ、「スマホで調《しら》べれば済《す》む話じゃん。いちいち聞かなくても、自分たちでなんとかするでしょ」という真弓《まゆみ》の声が入っている。

みんなが聞き終《お》えたと思ったタイミングで陽菜はメッセージを送《おく》る。

『真弓、みんなに勉強《べんきょう》を教えるつもりはないみたいで。面倒《めんどう》くさそうだった』

文字だけでも、がっかりしたような雰囲気《ふんいき》が伝《つた》わるように、悲《かな》しそうな顔をしたクマのスタンプも送信した。

すると、真弓に苛立《いらだ》っていた久美子《くみこ》や沙織《さおり》だけでなく、正義感《せいぎかん》が強い巴《ともえ》もグループトークで怒《いか》りを露《あら》わにした。

『何コレ。一緒《いっしょ》に勉強するのが嫌《いや》だったんなら、断《ことわ》ればよかったじゃん。そんなに一人で勉強したいんなら、お望《のぞ》み通り一人にしてあげようよ』

久美子も沙織も巴に賛成《さんせい》した。巴が真弓をグループトークから削除《さくじょ》したあと、みんなで個々《ここ》に真弓のアカウントをブロックした。もちろん、電話も着信拒否設定《ちゃくしんきょひせってい》にする。

『月曜から、学校でも真弓を無視《むし》しようね』

それから四人は、日曜日に真弓の家にはいかず、巴の家で勉強会をすることに決《き》めた。

母親の手伝《てつだ》いを終えた真弓は、グループトークを確認《かくにん》し、愕然《がくぜん》とする。

「ウソでしょ。なんで、私《わたし》がみんなと勉強したくないってことになってるの？」

グループトークから強制的《きょうせいてき》に退会《たいかい》させられていた真弓は、慌《あわ》ててみんなに個別《こべつ》でメッセージを送る。だが、全員《ぜんいん》、既読《きどく》がつかない。

ブロックされていると察《さっ》した真弓は、みんなに誤解《ごかい》される原因《げんいん》を作った陽菜に電話する。けれど、何度《なんど》かけても受話口《じゅわぐち》からは「ツーツーツー」という電子音しか聞こえない。

他《ほか》のメンバーにかけても同じで、着信拒否をされているのは明らかだった。

きっと、明日は自分以外《いがい》のメンバーで別《べつ》の場所《ばしょ》で勉強会《べんきょうかい》をするのだろう。
その時に、自分がさらに悪者《わるもの》にされるのは目に見えている。
真弓《まゆみ》は、この誤解《ごかい》をどう解《と》けばいいのか、途方《とほう》に暮《く》れた。

解説《かいせつ》

真弓《まゆみ》は少し言葉《ことば》足らずで、誤解《ごかい》されやすいタイプです。

ふとした失言《しつげん》で、みんなを嫌《いや》な気持《きも》ちにさせてしまった真弓は、勉強会《べんきょうかい》で自宅《じたく》にみんなを招《まね》くことになりました。自宅までの道は、スマートフォンで調《しら》べてくるだろうとのんきに構《かま》えていた真弓ですが、陽菜《ひな》から「みんなに自宅までのルートを教えてあげたほうがいい」と、気遣《きづか》いの無《な》さを指摘《してき》されてしまいました。陽菜の指摘に納得《なっとく》した真弓は、移動手段《いどうしゅだん》を尋《たず》ねるために、「何で来るの?」とグループメッセージに打《う》ち込《こ》みました。

もともと真弓の言動《げんどう》に苛立《いらだ》っていた陽菜が、これを「どうしてうちに来るの?」と、みんなが自宅に来ることを、真弓が拒絶《きょぜつ》している意味《いみ》にみえる返事《へんじ》をしたせいで、みんなが真弓に反感《はんかん》を持《も》ってしまいました。

真弓がスマートフォンから目を離《はな》していた間に、みんなの怒《いか》りはエスカレート。

真弓が誤解を解《と》く前に、メンバーから仲間外《なかまはず》れにされてしまいました。

SNS《エスエヌエス》は文章《ぶんしょう》だけでのやり取《と》りがほとんどなので、誤解を生まないか読み返《かえ》してから投稿《とうこう》、送信《そうしん》することが大切です。また、誤解を生まないように、笑顔《えがお》のスタンプや絵文字なども使《つか》って、好意的《こういてき》な気持ちで送《おく》っていることを示《しめ》すといいでしょう。

5 自撮《じど》りアップで危険度《きけんど》アップ

幼《おさな》い頃《ころ》から「かわいい」と褒《ほ》められ続《つづ》けてきた茉莉花《まりか》は、自分の容姿《ようし》に自信《じしん》を持《も》っている。

そんじょそこらのアイドルやモデルよりも、スタイルも顔も負《ま》けていないと自負《じふ》している茉莉花は、かなり自意識過剰《じいしきかじょう》で承《しょう》認欲求《にんよっきゅう》が強い。

インフルエンサーになることはもちろんのこと、それを足掛《あしが》かりにして芸能界《げいのうかい》を目指《めざ》している。

「さあてと。今日もライブ配信《はいしん》しなくちゃね」

茉莉花はＴａｐ《タップ》　Ｔａｋｉｎ《テーキン》というアプリを開《ひら》いた。

Ｔａｐ　Ｔａｋｉｎは世界中《せかいじゅう》で人気のＳＮＳ《エスエヌエス》で、短縮動画《たんしゅくどうが》の投稿《とうこう》や写真《しゃしん》の投稿、ライブ配信もできる。

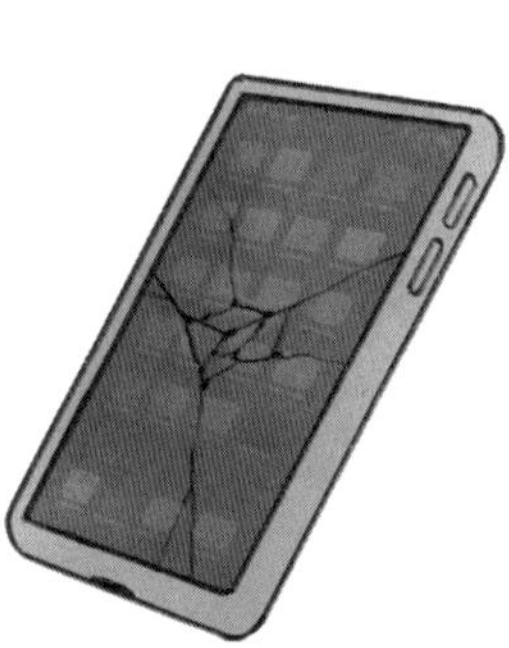

［ライブ配信］ 撮影《さつえい》している映像《えいぞう》をユーザーがリアルタイムで見られるようにする配信方法《はいしんほうほう》

茉莉花はこのTap Takinで、毎日ダンスやメイクのライブ配信をしている。

すっぴんでもキレイだといわれるのが、茉莉花のステイタスだ。

「今日はどうしよっかなあ」

買ったばかりのワンピースに着替《きが》え、ライトやマイクをセットする。

カメラの位置《いち》も確認《かくにん》し、告知《こくち》していた時間にライブ配信を開始《かいし》する。

「みんなーっ！　お疲《つか》れにゃんにゃん、マイカの『ま、いっか！』。今日も始《はじ》まりまーす！」

マイカというのは茉莉花のハンドルネームだ。

顔出ししているのだから、ハンドルネームを使《つか》う意味《いみ》なんて、無《な》いに等《ひと》しい。

それにもかかわらず本名で配信しない理由《りゆう》は、配信開始の挨拶《あいさつ》で使う決《き》まり文句《もんく》を作るのに、マイカという名前のほうが使いやすかったからである。

茉莉花が笑顔《えがお》で挨拶をすれば、すぐに視聴者《しちょうしゃ》たちからのコメントが届《とど》く。

『お疲れにゃんにゃーん！』

『マイカちゃんのかわいさ、今日もマックスだね』

『ウィンクしてー』

配信開始直後《はいしんかいし》から視聴者《しちょうしゃ》の数がどんどん増《ふ》えていく。

それに伴《ともな》いコメントも増える。

茉莉花《まりか》はコメントをくれた視聴者一人一人に返事《へんじ》をしていく。

「ヨッシーさん、はじめまして！　良《よ》かったらフォローしてくださいネ」

「カンナ姫《ひめ》さん、いつもありがとうございます」

「モジモジさん、マイマイウィンク届《とど》けーっ」

サービス精神旺盛《せいしんおうせい》な茉莉花に、さらにコメントが増える。

おかげで、目で追《お》うことができないほどだ。

盛《も》りあがってきたところで、茉莉花はみんなに質問《しつもん》する。

「今日の配信内容《ないよう》、実《じつ》はまーったく考えてないの。だから、みんなのリクエストに応《こた》えたポージングを披露《ひろう》したいと思うんだけどぉ……どうかな？」

上目遣《うわめづか》いで媚《こ》びるように首を傾《かし》げる。

茉莉花は画面《がめん》をチェックし、一番かわいく見える角度《かくど》で止めた。

途端《とたん》、コメント欄《らん》は、『かわいい』『今のポーズ、キュンッてきた』『じゃあキス顔お願《ねが》い』『それ、最高《さいこう》！』といった、誉《ほ》め言葉《ことば》とリクエストで埋《う》め尽《つ》くされていく。

茉莉花はリクエストに応えるために立ちあがった。

カメラを全身《ぜんしん》が映《うつ》るようにセッティングし直す時も、顔のアップを映したり、お茶目なポーズを見せたりしながら、立ち位置《いち》を決《き》める。

それから、流行《はや》りの音楽をかけた。

「それじゃあ、いっくよー！　まずは、ともぴょんさんからのリクエストで、モデルのポージング十連《れん》チャンッ」

片足《かたあし》立ちになったり、背中《せなか》を向《む》けたあとで振《ふ》り返《かえ》ったりと、顔や頭、腰《こし》に手をあてながら、ポーズを決めていく。

その間もちゃんとコメント欄をチェックする。

『本物《ほんもの》のモデルさんよりもキレイだね』

『足、ほっそ！　顔、ちっちゃ！』

『どうやったら、そんなにスタイルよくなれるの？』

どのコメントも茉莉花《まりか》を絶賛《ぜっさん》している。褒《ほ》められれば嬉《うれ》しい。茉莉花は自然《しぜん》と笑顔《えがお》になる。

「お次《つぎ》はタンタンさんのリクエストで、セクシーポーズ！　みんな、そういうの好《す》きだよねぇ。マイカ、色気ないんだけど……ま、いっか！」

にっこり笑《わら》って、茉莉花はカメラに向《む》かって投《な》げキッスをする。

茉莉花はまだ高校生だ。

卑猥《ひわい》なポーズは絶対《ぜったい》にしない。

流《なが》し目や、髪《かみ》の毛をかきあげてうなじを見せるといったもので誤魔化《ごまか》す。

あまりにも中途半端《ちゅうとはんぱ》なものばかりだとウケが悪《わる》いので、女豹《めひょう》のポーズと言いながら、ヨガのポーズをキメて笑いをとるのも忘《わす》れない。

この配信《はいしん》が予想以上《よそういじょう》に好評《こうひょう》で、茉莉花はその後も何度《なんど》か視聴者《しちょうしゃ》リクエスト配信をするようになった。

視聴者から、『この台詞《せりふ》を言って欲《ほ》しい！』とリクエストされれば、台詞にあった表情《ひょうじょう》で感情《かんじょう》をこめて応《こた》え、『変顔《へんがお》をして欲しい』とリクエストされれば、全力《ぜんりょく》で応えた。

その甲斐《かい》あって、視聴者もアーカイブの閲覧数《えつらんすう》も右肩《みぎかた》あがりだ。

茉莉花はこれまで、顔やメイク、ファッションといった外見ばかりを褒められてきた。

けれど、視聴者のリクエストに応えるようになってからは、性格《せいかく》とのギャップや演技力《えんぎりょく》にも注目《ちゅうもく》が集《あつ》まってきている。

芸能界《げいのうかい》デビューを目指《めざ》している茉莉花は、確《たし》かな手ごたえを感《かん》じていた。

「よしよし。いままでとはタイプの違《ちが》うフォロワーさんも増《ふ》えてきたし。このままいけば、年内に五万人突破《とっぱ》できるかも！」

Ｔａｐ　Ｔａｋｉｎ《タップテーキン》で茉莉花は自分のアカウントをニヤニヤしながら見つめていると、リア友の澪《みお》から電話がかかってきた。

「もしもーし。澪？　なんか用？」

「あのさ……。あんた、ヤバい画像《がぞう》や動画《どうが》とかＳＮＳ《エスエヌエス》にアップしてないよね？」

「ヤバい動画って……例《たと》えば？」

「その様子《ようす》だと、本当に知らないんだね」

困惑《こんわく》する茉莉花《まりか》の様子から、ヤバい画像《がぞう》や動画《どうが》にはまったく関《かか》わっていないことがわかったのだろう。澪《みお》が硬《かた》い声をだした。

「これからURL《ユーアールエル》を送《おく》るけど、きちんと対処《たいしょ》したほうがいいよ」

そこで澪が電話を切った。

一分も経《た》たないうちに澪からメッセージが届《とど》く。

電話でいわれたとおり、URLが貼《は》られてあった。茉莉花は迷《まよ》うことなくURLをタップする。

画面《がめん》に下着姿《したぎすがた》の女性《じょせい》の画像が表示《ひょうじ》された。

画像は一つだけではない。

下着姿や水着《みずぎ》ならまだマシなほうで、かなり際《きわ》どい写真《しゃしん》もある。

そのどれにも茉莉花の顔が合成《ごうせい》されてあるのだ。

「私《わたし》、こんな下着《したぎ》も水着も持《も》っていないし、こんな写真を撮《と》った覚《おぼ》えもないっ」

一つ一つ画像を確認《かくにん》しながら、茉莉花は憤《いきどお》る。

すると、再《ふたた》び澪からURLつきのメッセージが届いた。

嫌《いや》な予感《よかん》がする。茉莉花は恐《おそ》る恐るURLをタップした。

画面が切り替《か》わると、いきなり明るい声が響《ひび》いた。


『ワタシ、マリカってイイまーす！　彼氏《かれし》募《ぼ》集中《しゅうちゅう》ナンデ、よろしくネ』


慌《あわ》ててスマートフォンの音量《おんりょう》を下げる。

画面に流《なが》れているのは自己紹介《じこしょうかい》動画だ。この動画の女性の顔も茉莉花そっくり——いいや、茉莉花そのものだった。

しかし、問題《もんだい》なのは顔だけではない。

口調《くちょう》や発音《はつおん》には、どこか違和感《いわかん》があるものの、その声は茉莉花そのものだ。

「これって……出会い系《けい》？」

動画の茉莉花は、いかにも彼氏をSNS《エスエヌエス》で募集しているといった内容《ないよう》の発言《はつげん》をしている。

まったく身《み》に覚えのない言動《げんどう》に、茉莉花はゾッとする。

「そういえば、最近《さいきん》、ディープフェイク動画《どうが》とか、問題《もんだい》になってるよね……」

世界的《せかいてき》に有名《ゆうめい》なアーティストどころか、大統領《だいとうりょう》や首相《しゅしょう》ですら、生成《せいせい》AI《エーアイ》を用いたニセ動画を拡散《かくさん》されて、風評被害《ふうひょうひがい》を受《う》けたと訴《うった》えている。

しかも、サンプルが多ければ多いほど精巧《せいこう》に合成写真《ごうせいしゃしん》や合成動画が作られると聞く。

「私《わたし》……視聴者《しちょうしゃ》からのリクエストに応《こた》えて、いろんな表情《ひょうじょう》やポーズをとったし、それに台詞《せりふ》や声も……」

注目《ちゅうもく》されたいがために頑張《がんば》ってきたことが、かえって危険《きけん》な行為《こうい》だったことに気がついた茉莉花《まりか》は、すぐさま両親《りょうしん》に相談《そうだん》した。

［ディープフェイク］AI（人工知能《じんこうちのう》）を用いて、人物《じんぶつ》の動画や音声を人工的《じんこうてき》に合成する処理技《しょりぎ》術《じゅつ》を悪用《あくよう》すること。昨今《さっこん》では合成されたフェイク（ニセ）動画を指《さ》すことが多い

解説《かいせつ》

インフルエンサーを足掛《あしが》かりに、芸能界《げいのうかい》を目指《めざ》している茉莉花《まりか》は、加工《かこう》無《な》しで顔出しし、ライブ配信《はいしん》をしていました。

ある日、ライブ配信中、視聴者《しちょうしゃ》のリクエストに応《こた》えてポージングを披露《ひろう》しました。

思いのほか評判《ひょうばん》がよかったので、茉莉花はリクエスト配信を続《つづ》けます。視聴者からリクエストされた台詞《せりふ》を言ったり、変顔《へんがお》をしたりと、全力《ぜんりょく》でリクエストに応えたのですが——その映像《えいぞう》や音声データを悪用《あくよう》され、茉莉花には身《み》に覚《おぼ》えのない水着《みずぎ》や下着写真《したぎしゃしん》、出会い系《けい》サイトの〝サクラ〟用の動画《どうが》がインターネット上に出回ってしまいました。

生成AI《せいせいエーアイ》を使《つか》ったディープフェイク動画や写真、ディープフェイクボイスなどはとても簡単《かんたん》にできてします。

タチが悪《わる》いことに数秒《すうびょう》の動画や音声さえあれば、ほぼ無料《むりょう》で誰《だれ》でも簡単にできてしまいます。

特《とく》にポルノ画像《がぞう》、動画生成は、芸能人《げいのうじん》だけでなく一般《いっぱん》人《じん》も被害《ひがい》が増《ふ》えてきています。

自分の写真や動画、音声を多くだしていると、リスクが高まるので注意《ちゅうい》しましょう。

ただし、生成AIで作成《さくせい》したことを示《しめ》すメタデータが自《じ》動付与《どうふよ》されるようになってきているので、生成AIを利用《りよう》した犯罪抑止《はんざいよくし》や防止《ぼうし》に期待《きたい》が持《も》てます。

6　好《す》きになった相手《あいて》は見知らぬアナタ

学校帰りに七海《ななみ》は友達《ともだち》の莉々子《りりこ》と一緒《いっしょ》にカフェにはいった。

アイスラテを飲《の》みながら、たわいもない話をしていると、急《きゅう》に莉々子が含《ふく》んだ笑《え》みを浮《う》かべた。

「ところでさ。七海、彼氏《かれし》できたでしょ？」

いきなり突《つ》っこんだ質問《しつもん》をされた七海は、口に含んだアイスラテを噴《ふ》きそうになる。

「ちょっと……突然《とつぜん》、何をいいだすのよ」

口元を拭《ぬぐ》い、七海は莉々子を睨《にら》む。

すると、莉々子が口を尖《とが》らせた。

「突然ってことないわよ。最近《さいきん》、夜に電話しても通話中の時が多いし、一緒に遊《あそ》んでいる時もスマホを見てニヤニヤしていることが多いじゃん」

「え？　そ、そんなことないよ？」

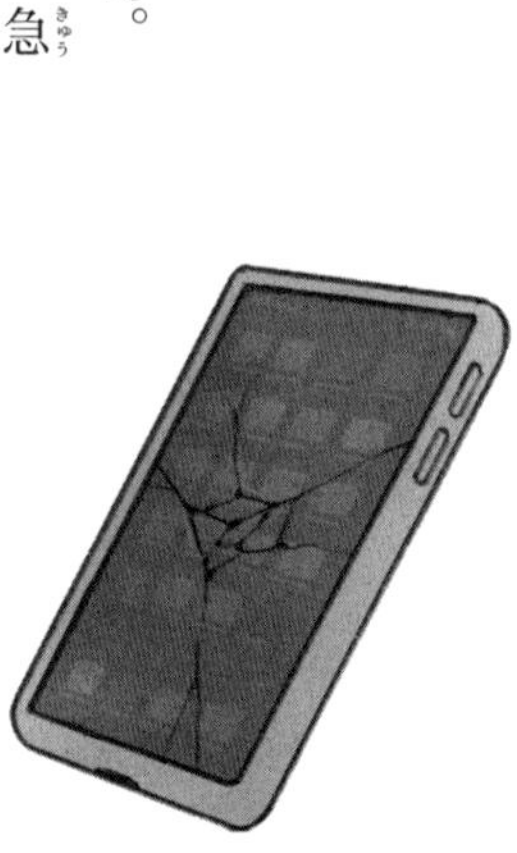

狼狽《うろた》える七海を莉々子がさらに問《と》い詰《つ》める。

「さっき、私《わたし》がトイレに立った時も、スマホ弄《いじ》りながら、ニヤけてたじゃん。なんなら、私が席《せき》に戻《もど》った途端《とたん》、慌《あわ》ててスマホを隠《かく》したよね？」

そこで莉々子が七海に向《む》かって手を差《さ》しだした。

やましいことがないのなら、スマートフォンを貸《か》せという意味《いみ》だ。

七海は悩《なや》んだ末《すえ》、正直に話すことにした。

「彼氏じゃなくて、片思《かたおも》いの相手だよ」

「え？　片思いって……私の知ってる人？」

「ううん。SNS《エスエヌエス》で知り合った、他県《たけん》の大学生だよ」

「えーっ！　マジで？　ちょっと詳《くわ》しく教えてよっ」

興味津々《きょうみしんしん》といった表情《ひょうじょう》で話に食いついてきた莉々子に、七海は片思いの相手のことを話し始《はじ》める。

七海はリョウという男性《だんせい》に片思いしている。

SNSのアカウントを先にフォローしたのはリョウからだった。

しかも、リョウは、七海《ななみ》がＳＮＳ《エスエヌエス》に映《は》える写真《しゃしん》や、面白《おもしろ》いネタを投稿《とうこう》しても、まったく反《はん》応《のう》しない。

そのくせ、どうでもいいポストにだけ〝いいね！〟をくれる。

正直、変《か》わった人だなという印象《いんしょう》しかなく、フォローバックもせずに放置《ほうち》していた。

けれど、それも一ヶ月以上《いじょう》も続《つづ》くと、流石《さすが》にどんな人なのか気になる。

プロフィールを確認《かくにん》すると、リョウが大学生だと判明《はんめい》した。

ただし、アイコンを含《ふく》め、容姿《ようし》がわかるものは何もない。

それでも、進路《しんろ》のことで悩《なや》んでいた七海は、リョウがどんな大学生活を送《おく》っているのか気になり、ポストを覗《のぞ》いた。

顔にはぼかしが入っているものの、ダンスやサッカーをしている動画《どうが》や写真が多い。

ほかには、一文だけの投稿が目立つ。

どれも、未来《みらい》に向《む》けての意気込《いきご》みや、悔《くや》しさをバネにし、自分自身《じしん》を鼓舞《こぶ》するようなものばかりだ。

その中で、特《とく》に七海の心に突《つ》き刺《さ》さったポストがあった。

『他人《ひと》は他人　自分は自分　焦《あせ》らず腐《くさ》らず諦《あきら》めない』

周囲《しゅうい》が将来《しょうらい》やりたいことや、志望《しぼう》大学を決《き》めていく中、自分が何をしたいのかもわからず、焦りを感《かん》じていた七海は、その一文に救《すく》われた。

無意識《むいしき》にリョウをフォローバックし、七海は自分に気合を入れるような文を打《う》ち込《こ》んだ。

『自分のペースで進《すす》むぞ！』

このポストにリョウからリプライがついた。

『それが一番！　他人と比《くら》べてなんになるっ！』

力強い言葉《ことば》に、心が温《あたた》かくなるのを感じた。七海はリプライに返事《へんじ》をする。

『ありがとう。リョウさんのポストを見て、そう思えるようになりました』

素直《すなお》に感謝《かんしゃ》の気持《きも》ちを打《う》ち込《こ》んだ。すると、また返事《へんじ》が届《とど》く。

『俺《おれ》のポストが役《やく》に立ったのならよかった』

恩着《おんき》せがましくもなく、偉《えら》そうなことをいうでもないリョウの対応《たいおう》は、同年代《どうねんだい》の男子たちとは違《ちが》う〝大人〟な雰囲気《ふんいき》を感《かん》じさせる。

単純《たんじゅん》だが、たった数回のやり取《と》りで、七海《ななみ》はリョウに信頼《しんらい》を寄《よ》せていた。

それから、数回、ポストでのやり取りを繰《く》り返《かえ》した七海は、直接《ちょくせつ》、メッセージでやり取りをするようになった。

話せば話すほど、趣味《しゅみ》や性格《せいかく》が合う。

しかも、親や友達《ともだち》には言えない悩《なや》みや愚痴《ぐち》も優《やさ》しく聞いてくれるリョウに、七海はどんどん惹《ひ》かれていった。


リョウと知り合ってからこれまでのことを話し終《お》えると、莉々子《りりこ》が呆《あき》れたような顔をする。

「七海ってば、結構《けっこう》、チョロくない？」

「そんなことないよ」

「だって、顔も知らない相手《あいて》だよね？　ちょっとメッセージのやり取りで優しくされたからって、好《す》きになるなんてさぁ……」

「いやいや！　ビデオ通話で、お互《たが》いに顔を見て話すようになってから好きになったんだからね！」

「ってことは、好《この》みのタイプなんだ？」

からかうような莉々子の言葉《ことば》に、七海は顔を赤くして頷《うなず》いた。

「うん。めちゃくちゃ好みの」

七海はスマートフォンを取りだし、リョウの写真《しゃしん》を莉々子に見せる。

「これがリョウくん」

「うわっ！　めちゃくちゃイケメンじゃん」

リョウの顔を莉々子が褒《ほ》めたタイミングで、七海のスマートフォンが鳴る。

うわさをすればなんとやら。

着信《ちゃくしん》を確認《かくにん》すると、リョウからだった。

莉々子に断《ことわ》りを入れてから電話にでる。

「あ、リョウだけど……いま、七海《ななみ》ちゃんって、どこにいる？」

「今、友達《ともだち》とカフェにいるよ」

「そうなんだ。七海ちゃんって、三重県《みえけん》に住《す》んでるって言ってたよね？」

「うん。リョウくんは神奈川《かながわ》でしょ？　それがどうしたの？」

「実《じつ》は俺《おれ》、今、四日市に住む親戚《しんせき》の家に来てるんだ」

七海の住む桑名《くわな》と四日市までは電車で十分から二十分ほどの距離《きょり》だ。

もしかして会えるのではと、七海は期待《きたい》に胸《むね》をふくらませた。それは、リョウも同じだったようだ。

「俺、車で来てるから、そっちまでいくよ。遅《おそ》くなる前に家まで送《おく》るから、一緒《いっしょ》に飯《めし》ぐらいいけるかな？」

学生にとって、神奈川県と三重県はかなり遠い。

このタイミングを逃《のが》したら、いつ会えるか分からない。

七海は二つ返事《へんじ》で誘《さそ》いに乗《の》った。

待《ま》ち合わせの場所《ばしょ》や時間を決《き》めて、電話を切る。

スマートフォンを耳から外せば、莉々子《りりこ》がニヤニヤしながら席《せき》を立つ。

「よかったじゃん。今日、会えるんでしょ？」

「うん」

「お邪魔虫《じゃまむし》はさっさと退散《たいさん》するんで、また明日、結果報告《けっかほうこく》よろしくね！」

七海は、ささっと荷物《にもつ》を持《も》って立ち去《さ》る莉々子の背中《せなか》を見送《みおく》った。


数十分後、七海はカフェをでて待ち合わせ場所に移動《いどう》する。

駅前《えきまえ》は車も人も多いので、停車《ていしゃ》しにくいという理由《りゆう》から、待ち合わせ場所は、駅《えき》から歩いて十分ちょっとのところにある小さな公園の前にした。

「この辺《へん》って、夕方になると人通りがなくなるし、暗《くら》いから怖《こわ》いんだよね……」

街路灯《がいろとう》が少なく、細くて薄暗《うすぐら》い道を進《すす》む。怖いと思う気持《きも》ちから、つい、歩く速度《そくど》が速《はや》くなる。

あっという間に公園の前に到着《とうちゃく》した七海は、スマートフォンを取《と》りだす。

『ついたよ』

メッセージを送《おく》ると、すぐに既読《きどく》がついた。

その直後、公園の角を曲《ま》がってきた黒い車が、猛《もう》スピードで走ってきた。

リョウがアイコンに使《つか》っている車ではない。七海《ななみ》は車を避《よ》けようと、道路《どうろ》の脇《わき》に寄《よ》る。

ところが、車は急《きゅう》ブレーキをかけ、七海の真横《まよこ》に停車《ていしゃ》した。

危険《きけん》を察《さっ》した七海は逃《に》げようとしたが、時すでに遅《おそ》し。

後部座席《こうぶざせき》の扉《とびら》が開《ひら》き、中にいた男たちに引きずり込《こ》まれた。

解説《かいせつ》

『リョウ』は女性《じょせい》を誘惑《ゆうわく》し、おびきだすためのアカウントでした。

騙《だま》された七海は、待《ま》ち合わせ場所《ばしょ》に一人で訪《おとず》れ、怪《あや》しい男たちに拉致《らち》されてしまいました。

SNS《エスエヌエス》で知り合った人と恋愛《れんあい》したり、友達《ともだち》になったりすることは、普通《ふつう》のこととして受《う》け入れられています。しかし、SNSでは、本名や性別《せいべつ》、年齢《ねんれい》、職業《しょくぎょう》、本音などすべてウソがつけます。顔写真《かおじゃしん》も他人《たにん》のものを転用《てんよう》することができるだけでなく、ディープフェイクでのビデオ通話も可能《かのう》なので、ビデオ通話をしても信用《しんよう》はできません。ただし、ディープフェイクは顔の角度《かくど》を急《きゅう》に変《か》えるのが苦手《にがて》なので、口実《こうじつ》を付《つ》けて横《よこ》や上などを向《む》いてもらい、確認《かくにん》するといいでしょう。

ネットで知り合った人と会う人は多いですが、リスクが高い行為《こうい》です。どうしても会う場合は、日中、公共《こうきょう》の場所や人が多く、自分で指定《してい》した場所。できれば友達と複数《ふくすう》で会うようにしましょう。車は誘拐《ゆうかい》などにつながるため、絶対《ぜったい》に乗《の》ってはいけません。

7 ノリでやっただけなのに

浩平《こうへい》は飲食店《いんしょくてん》でバイトをしている。

フロア担当《たんとう》の浩平が休憩《きゅうけい》時間にまかないを食べていると、バイト仲間《なかま》で調理補助《ちょうりほじょ》を担当している良太郎《りょうたろう》が休憩室《きゅうけいしつ》にやってきた。

「はあ……」

目の前の椅子《いす》に座《すわ》り、良太郎が大きな溜息《ためいき》を吐《は》いた。

「疲《つか》れた顔をしてるけど、どうした？」

浩平は、口の中で咀嚼《そしゃく》していた食べ物《もの》を飲《の》み込《こ》んでから、良太郎に尋《たず》ねた。

「疲れてはないんだけど……ちょっと、やるせなくてな」

聞けば、最近《さいきん》、ＳＮＳ《エスエヌエス》に投稿《とうこう》するだけのために注文《ちゅうもん》する人が多く、写真《しゃしん》を撮《と》ったあとは、ほとんど料理《りょうり》に手をつけることなく店をでる人までいるという。

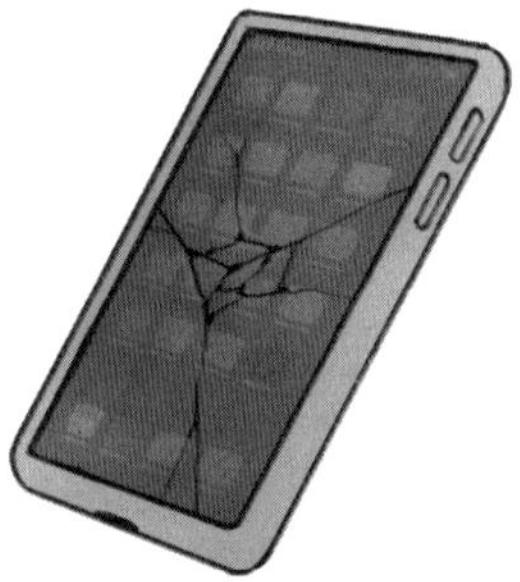

「毎日毎日、くだらない理由《りゆう》で廃棄《はいき》になる料理がもったいなくてさ。うんざりしてるんだ」

辛《つら》そうな顔をして、良太郎が不満《ふまん》を漏《も》らした。

ホール担当の浩平ですら、大量《たいりょう》に残《のこ》った料理を見てはうんざりするのだ。

調理に関《かか》わっている良太郎が、憤《いきどお》りを感《かん》じるのも無理《むり》はない。

良太郎の気持《きも》ちを肯定《こうてい》するよう浩平はうんうんと頷《うなず》いた。

「確《たし》かに。一度《いちど》提供《ていきょう》した料理は、ひと口も口をつけていないものでも、全部《ぜんぶ》廃棄しなくちゃいけない規則《きそく》だもんな」

浩平たちがバイトをしている店は、イタリアンレストランだ。

カジュアルな雰囲気《ふんいき》とはいえ、高級《こうきゅう》な食材《しょくざい》も扱《あつか》っている。捨《す》てるのはもったいない。

そこで浩平はハッと閃《ひらめ》いた。

「なあ。どのみち捨てる料理や食材なら、俺《おれ》らが食ったってバレないよな？」

がっくりと項垂《うなだ》れていた良太郎が怪訝《けげん》な顔をする。

「まあ……確かにな」

「もったいないから、俺らで食わねえ？」

ニヤリと笑《わら》えば、良太郎《りょうたろう》が目を輝《かがや》かせた。

「それ、いいな!」

「だろ?」

「だったら社員《しゃいん》に見つからないように、バイトのみんなで廃棄料理《はいきりょうり》パーティーしようぜ」

「お! いいね!」

ノリ気になった良太郎に、お客《きゃく》が一切、手を付《つ》けなかった料理や、消費期限《しょうひきげん》切れで廃棄《はいき》せざる得《え》ない食材《しょくざい》をこっそり保管《ほかん》してもらう。

浩平《こうへい》はその間、こっそりバイト仲間《なかま》に声をかける。

みんな二つ返事《へんじ》で誘《さそ》いに乗《の》ってくれた。


営業《えいぎょう》時間が終了《しゅうりょう》し、閉店作業《へいてんさぎょう》に入る。店に残《のこ》っているバイト仲間全員《ぜんいん》、顔を見合わせ頷《うなず》き合う。シェフはすでに帰宅《きたく》している。

邪魔《じゃま》なのは、店長の佐々木《ささき》と社員の橋田《はしだ》だけだ。

二人を早く帰らせるために、バイトリーダーの加藤《かとう》が動《うご》く。

「すみません。ちょっと調理場《ちょうりば》の清掃《せいそう》に時間がかかりそうなんで、今日は俺《おれ》が責任《せきにん》もって施《せ》錠《じょう》して帰ります」

何年もバイトをしている加藤《かとう》は、社員《しゃいん》や店長からの信頼《しんらい》も厚《あつ》い。

こういったことも月に一、二回はある。

店長は疑《うたが》うことなく店のスペアキーを手渡《てわた》した。

「それじゃあ、あとは頼《たの》んだよ」

二人は自分たちの仕事《しごと》を終《お》えると、さっさと帰宅《きたく》した。


店には浩平《こうへい》と良太郎《りょうたろう》、加藤に門脇《かどわき》、野々宮《ののみや》の五人だけだ。

「よし。じゃあ、廃棄料理《はいきりょうり》パーティー、開始《かいし》しようぜ！」

浩平のひと言で、良太郎が保管《ほかん》しておいた廃棄されるはずだった料理や食材《しょくざい》を取《と》りだした。

みんなで温《あたた》め直したり、炒《いた》め直したりしていると、門脇がスマートフォンで動画《どうが》を撮《と》り始《はじ》めた。

「おいおい。お前、手伝《てつだ》いもせずに何やってるんだよ」

加藤が呆《あき》れた声をだす。すると、門脇がニシシと笑《わら》う。

「せっかくならみんなに自慢《じまん》したいじゃん」

門脇の意見《いけん》に、良太郎と野々宮が賛同《さんどう》する。

「それもそうだな。だったら撮影《さつえい》した動画、俺にもくれよ」

「あ、俺にも送《おく》って！」

「オッケー！」

三人の様子《ようす》を見ていた浩平は、ふと閃《ひらめ》いた。

「それなら、普通《ふつう》じゃ絶対《ぜったい》に食べられないもの作ろうぜ」

「え？　どういうこと？」

「牛の煮込《にこ》みやラムチョップ、アクアパッツァとか……普通に皿《さら》に盛《も》っても、これが廃棄する料理だったとは思われないかもしれないだろ？　だったら、これらをいかにも残飯《ざんぱん》って形にしたら……」

そこで浩平は、大きな鉢状《はちじょう》の器《うつわ》にリゾットを入れ、その上に温め直した料理を全部《ぜんぶ》のせた。

「ほぉら、ご覧《らん》ください。お客様《きゃくさま》がひと口も口をつけず、廃棄されるはずだった料理が、この通り！　高級《こうきゅう》イタリアン丼《どん》に早変《はやが》わり！」

器《うつわ》の中身《なかみ》をカメラのレンズに向《む》ける。

冷製《れいせい》パスタにトマトのカプレーゼ、グリルされた色とりどりの野菜《やさい》。

そして、肉料理《にくりょうり》や魚介類《ぎょかいるい》までもが、ひとつの器の中に盛《も》られている光景《こうけい》が撮影《さつえい》されたのを確認《かくにん》し、浩平《こうへい》は大袈裟《おおげさ》な声をだした。

「こぉぉおんな美味《おい》しそうな料理を捨《す》てるなんて、もったいないだろ？　け・れ・ど、味《あじ》はどうなのか、わかりません。お客様《きゃくさま》にちゃんと美味しいものを提供《ていきょう》できているのか、これから俺《おれ》が味見《あじみ》しまーす！」

せっかくキレイに盛りつけた肉や野菜、パスタや魚介類をリゾットと一緒《いっしょ》にぐちゃぐちゃに混《ま》ぜてから食べ始《はじ》める。

「う、うーん。ひとつひとつの素材《そざい》は最高《さいこう》のものを使《つか》っているというのに、すべてを混ぜると、なんともいえない複雑《ふくざつ》なハーモニーが……」

神妙《しんみょう》な面持《おもも》ちで食レポをすれば、他《ほか》のバイトメンバーたちがドッと沸《わ》く。

みんながウケたのを見て、浩平は一気に丼の中身を口の中にかきこんだ。

あっという間に〝なんちゃって高級イタリアン丼〟を平《たい》らげた浩平は、からになった丼をカメラの前で披露《ひろう》する。

「完食《かんしょく》！　ごちそうさまです。次回《じかい》はさらにパワーアップしたイタリアン丼を披露したいと思いますっ！」

加藤《かとう》の拍手《はくしゅ》を皮切《かわき》りに、みんなが拍手喝采《かっさい》する。

そこで門脇《かどわき》が撮影を中止し、今度《こんど》はみんなでゆっくり残《のこ》りの料理を普通《ふつう》に美味しく食べながら談笑《だんしょう》した。

「料理も美味しかったけど、浩平のイタリアン丼は最高すぎる」

「ほんと、ソレな。門脇、いま撮《と》った動画《どうが》、俺に送《おく》ってくれよ」

みんなに動画をせがまれた門脇が、バイト仲間《なかま》専用《せんよう》のグループトークに動画をアップした。

すぐにみんな揃《そろ》って、スマートフォンで動画を確認する。

そこで再度《さいど》、笑《わら》いに包《つつ》まれ、廃棄《はいき》料理パーティーは終了《しゅうりょう》した。

「ちょっと、浩平！　起《お》きなさい！　これ、あなたじゃない？」

翌朝《よくあさ》、母親の甲高《かんだか》い声に起《お》こされた。浩平《こうへい》は眠《ねむ》い目をこすりながら、リビングへ向《む》かう。

リビングに置《お》かれたテレビには、顔にはモザイクがかかっているものの、知っている人が見れば、すぐに浩平だとわかる動画《どうが》が映《うつ》しだされていた。

しかも、画面《がめん》の左端《ひだりはし》には『廃棄料理《はいきりょうり》を無断使用《むだんしよう》で大炎上《だいえんじょう》！』というテロップがついている。


『食への冒涜《ぼうとく》としか思えない』

『廃棄すべき料理を無断で食べて、もし、食中毒《しょくちゅうどく》になったらどうするんだ』

『バイト先の名前まで拡散《かくさん》されていますよね。これは名誉棄損《めいよきそん》ですよ』


動画を見たコメンテーターたちの辛辣《しんらつ》なコメントに、浩平は真《ま》っ青《さお》になる。

「なんでこんなことになっているんだ？　バイト仲間専用《なかませんよう》のグループトークでしか、この動画、アップしていないはずなのに……」

浩平は慌《あわ》ててSNS《エスエヌエス》のアプリを開《ひら》き、『廃棄食材　無断使用　炎上動画』で検索《けんさく》した。

とんでもないほどバズっていたせいで、すぐに件《くだん》の動画がヒットする。

『飯《めし》テロならぬゲロ飯』『こんな最低《さいてい》な店員《てんいん》がいる店にはいきたくない』といったコメントつきでリポストされて、大炎上していた。

ご丁寧《ていねい》にハッシュタグでバイト先の店名まで晒《さら》されている。火消《ひけ》し作業《さぎょう》などすでに手遅《ておく》れだ。

暴走《ぼうそう》するネット炎上を見て、浩平はがっくりと膝《ひざ》をつく。

そんな浩平の手の中でスマートフォンが着信《ちゃくしん》を知らせる。バイト先のオーナーからだ。

用件《ようけん》は明らかにこの騒動《そうどう》のことにちがいない。

浩平は震《ふる》える指先《ゆびさき》で通話ボタンをタップした。

「もしもし。長谷川《はせがわ》です」

案《あん》の定《じょう》、オーナーからだ。かなり憤《いきどお》っている。

興奮《こうふん》した口調《くちょう》でSNSに投稿《とうこう》された動画について尋《たず》ねられた。

自分がSNSに投稿したわけではないが、この動画でお店の名前に傷《きず》がついたのは確《たし》かだ。

浩平はいきさつを全《すべ》て正直に話した。

「とんでもないことをしてくれたね……」

ちょっとしたミスであれば、オーナーは丁寧に言い聞かせるような口調で注意《ちゅうい》するだけだ。

それどころか、基本的《きほんてき》に穏《おだ》やかな性格《せいかく》なので、大きなミスをしたとしても、過《あやま》ちを認《みと》め、すぐに謝罪《しゃざい》すれば、いつでも穏やかな態度《たいど》で対応《たいおう》してくれた。

だが、今回はまったく違《ちが》う。低《ひく》く唸《うな》るような声は、いままで聞いたことがない。

危機感《ききかん》を覚《おぼ》えた浩平《こうへい》は、すぐに謝罪するが、オーナーの怒《いか》りは収《おさ》まらない。

「君《きみ》はＳＮＳ《エスエヌエス》で、この動画《どうが》が炎上《えんじょう》したことだけが問題《もんだい》だと思っているよね？　でも、問題はそこだけじゃないんだ」

「え……どういうことですか？」

「廃棄食材《はいきしょくざい》や廃棄する料理《りょうり》であっても、無断《むだん》で食べたら窃盗罪《せっとうざい》になるんだよ」

まさかの事実《じじつ》に茫然《ぼうぜん》とする浩平は、オーナーからクビを言い渡《わた》された。

挙句《あげく》、世間《せけん》から信用《しんよう》を失《うしな》ったとして、とんでもない額《がく》の損害賠償《そんがいばいしょう》まで請求《せいきゅう》された。

浩平は愕然《がくぜん》とする。

悲劇《ひげき》はそれだけではない。絶望《ぜつぼう》する浩平のもとに、拡散《かくさん》された情報《じょうほう》から個人《こじん》情報を特定《とくてい》した記者《きしゃ》や他人《たにん》が、追《お》い打《う》ちをかけるようにやってくるのであった。

解説《かいせつ》

「捨《す》てるなら、自分たちが食べてもバレないだろう」という軽《かる》い気持《きも》ちから、浩平《こうへい》はバイト仲間《なかま》と一緒《いっしょ》に廃棄料理《はいきりょうり》を使《つか》ってパーティーをしました。

その時、パーティーの様子《ようす》を「みんなに自慢《じまん》したい」といって、門脇《かどわき》が動画《どうが》で撮影《さつえい》し始《はじ》めたので、浩平はあくまでも身内《みうち》ウケを狙《ねら》って悪《わる》ノリしました。

ところが、バイト仲間のグループラインで共有《きょうゆう》された浩平の悪ノリ動画は、バイト仲間、もしくは、バイト仲間の友人知人といった第三者《だいさんしゃ》の手によってSNS《エスエヌエス》で拡散《かくさん》され、大炎上《だいえんじょう》してしまい、バイトテロになってしまいました。

ノリで身内ウケのつもりで撮影、投稿《とうこう》したものが炎上することはとても多く、刑事罰《けいじばつ》・民事罰《みんじばつ》に問《と》われたり、個人情報《こじんじょうほう》がネット上で拡散されたり、停学《ていがく》・退学《たいがく》、退職処分《たいしょくしょぶん》、内定《ないてい》取り消《け》しなどになることもあります。

鍵《かぎ》アカウント、ストーリーズなど公開範囲《こうかいはんい》公開時間を限定《げんてい》しても炎上したり、公開範囲内の人の手によって、別《べつ》のSNSに投稿されて、拡散されたりすることもあります。

他人《たにん》が見たら不快《ふかい》に思うことはそもそもしてはいけませんし、ましてや撮影したり、SNSに送信《そうしん》・投稿したりしてはいけません。

8 投稿写真《とうこうしゃしん》によるストーカー

雅人《まさと》は、スマートフォンで写真を撮《と》るのが趣味《しゅみ》だ。

時間や天気、ちょっとしたことで表情《ひょうじょう》が変《か》わる空はもちろんのこと、何気ない日常《にちじょう》の風景《ふうけい》や、ふとした瞬間《しゅんかん》に目に入ったものを撮影《さつえい》しては、ＳＮＳ《エスエヌエス》に一言コメントを添《そ》えては投稿している。

最初《さいしょ》のうちはまったくいなかったフォロワーも、一年以上《いじょう》も毎日欠《か》かさず投稿し続《つづ》けているうちに、三桁《けた》後半にまで増《ふ》えた。

リプライやいいねの数が増えるたびに、自分が撮った写真を見てくれる人が増えていく。

それがヤル気に繋《つな》がっていたのだが、ある時から、一人のフォロワーに悩《なや》まされるようになった。

「あ……また、テルモンさんからだ」

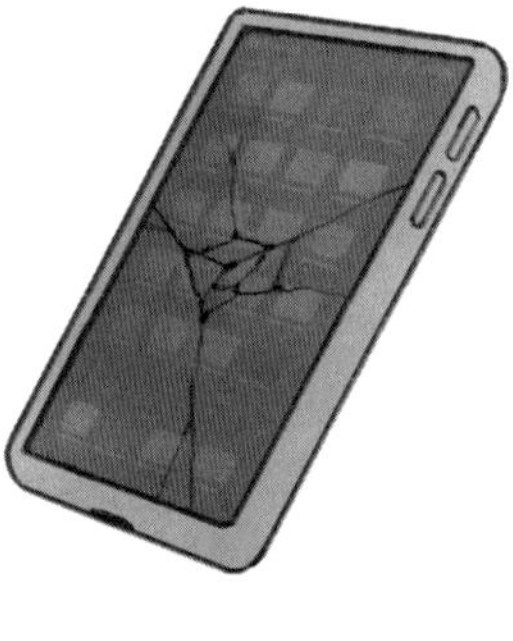

雅人《まさと》は、今朝SNSに投稿した写真につけられたリプを見て、顔を顰《ひそ》めた。

この写真は、今朝、雅人が家のベランダから撮ったものだ。

朝靄《あさもや》に包《つつ》まれた街並《まちなみ》の写真は、思っていた以上に幻想的《げんそうてき》な雰囲気《ふんいき》だったので、『幻《まぼろし》の街《まち》』とコメントをつけてSNSに投稿した。

他《ほか》のフォロワーたちはみな、『キレイ』『ファンタジー映画《えいが》のワンシーンみたい』といった感想《かんそう》をくれるのに対《たい》し、テルモンのリプライは違《ちが》う。

『私《わたし》の住《す》んでいるところでも朝靄がすごかったんですよ。もしかして、川越市《かわごえし》じゃないですか？』

雅人のアカウントは鍵付《かぎつ》きではない。

不特定《ふとくてい》多数に投稿した内容《ないよう》を公開《こうかい》している。

そんなところで、自分の住んでいる場所《ばしょ》や、個人《こじん》を特定《とくてい》できるような情報《じょうほう》を晒《さら》すようなことはしたくない。

［鍵付き］鍵付きアカウントのことで、非公開設定《ひこうかいせってい》をしているアカウントのことを指《さ》します。非公開設定をするとフォロワーのみが投稿を見ることが可能《かのう》になります

『朝露《あさもや》に包《つつ》まれると、いつもの景色《けしき》も違《ちが》って見えますよね』

住《す》んでいる場所《ばしょ》には一切触《ふ》れることなく、リプライに返事《へんじ》をした。

「はあ。テルモンさん、マジで何がしたいんだよ」

頭を掻《か》きむしりながら、雅人《まさと》は過去《かこ》の投稿《とうこう》についたテルモンからのリプライを確認《かくにん》する。

近所《きんじょ》の公園で撮《と》った写真《しゃしん》には、『その公園って、クレアパークですよね！　ショッピングモールにいくついでによくいきますよ』と書かれてある。

学校帰りに自分の手とともに夕日を写《うつ》したものには、『もしかして、川越《かわごえ》S《エス》高校に通っていますか？』と書かれてあった。

どちらも正解《せいかい》だ。

公園は市内でも有名《ゆうめい》なショッピングモールの中にあるので、テルモンが知っていてもおかしくはない。

けれど、雅人の高校名まで言い当てられたとなると話は別問題《べつもんだい》である。

雅人はアカウントのプロフィールに、『MASA《エムエーエスエー》です。写真好《ず》き。日々《ひび》の何気ないヒトコマをお届《とど》けします』とだけしか書いていない。

アイコンはもちろんのこと、投稿している写真にも自分の容姿《ようし》がわかるものは何ひとつない。

唯一《ゆいいつ》、自分の手を一緒《いっしょ》に写《うつ》した夕日の写真《しゃしん》にだけ、制服《せいふく》の袖口《そでぐち》が写っているだけだ。

たったそれだけの情報《じょうほう》で、雅人《まさと》が通う高校を探《さが》し当てたテルモンに不気味《ぶきみ》さを覚《おぼ》えた。

「写真を投稿《とうこう》するたびに、撮影場所《さつえいばしょ》や位置《いち》情報をチェックされるし。そのうち、住所《じゅうしょ》を特定《とくてい》されそうで怖《こわ》いな」

この日から、雅人はSNS《エスエヌエス》に投稿する写真に、かなり気を遣《つか》うようになった。

身近《みぢか》な場所の風景《ふうけい》や、特徴《とくちょう》のある建物《たてもの》は撮《と》らない。

ガラスに反射《はんしゃ》して映《うつ》っているものにも気をつける。

山や空、鳥や花といった住所が特定できないものや、望遠《ぼうえん》レンズを使《つか》って撮ったものだけをSNSに投稿した。

すると、一週間も経《た》たないうちに、テルモンから直接《ちょくせつ》メッセージが届《とど》いた。

『最近《さいきん》、写真の撮り方とか被写体《ひしゃたい》を変《か》えたんですね』

短《みじか》い文を読み終《お》え、雅人はドキリとした。けれど、すぐに返事《へんじ》を書く。

『あ、わかりますか？　いろいろな写真に挑戦《ちょうせん》したくて』

当たり障《さわ》りのない言葉《ことば》を書いて送《おく》れば、再《ふたた》び、テルモンからメッセージが届いた。

『そういえば。私《わたし》がフォローする前に投稿した写真で、学校帰りに撮ったモニュメントがありましたよね？　あれって、私の家の近所《きんじょ》なんですよ』

いきなり話題《わだい》を変えたテルモンに唖然《あぜん》とする。返事をせずに固《かた》まっていると、さらにテルモンからメッセージが届く。

『そうそう。さっきのメッセージに書き忘《わす》れましたが、MASA《エムエーエスエー》さん、やっぱり川越《かわごえ》S《エス》高校じゃないですか。MASAさんが投稿し始《はじ》めた頃《ころ》の写真を見たら、窓《まど》ガラスに制服が映っていましたよ』

テルモンは過去《かこ》に雅人が投稿した写真までチェックしていたようだ。

しかも、窓ガラスに映っているものまで細かく見ている。ゾッとしないはずがない。

このままでは住所《じゅうしょ》まで特定《とくてい》されてしまうのではと、恐怖《きょうふ》を覚《おぼ》えた雅人《まさと》は、即座《そくざ》にテルモンをブロックした。

「はじめからこうしておけばよかった」

雅人はテルモンと縁《えん》が切れたことに、ほっと胸《むね》を撫《な》でおろした。

テルモンをブロックしたあと、雅人は自分の家から撮影《さつえい》した風景《ふうけい》や、近所《きんじょ》の写真《しゃしん》はすべて削除《さくじょ》した。

もちろん、投稿《とうこう》する写真にも気をつけている。

お陰《かげ》で、雅人の個人《こじん》を探《さぐ》れるようなものは何ひとつない。

平穏《へいおん》な日常《にちじょう》を取《と》り戻《もど》せた雅人は、明日からの家族旅行《かぞくりょこう》に浮《う》かれていた。

『明日から三泊《ぱく》四日で家族旅行！　博多《はかた》で美味《おい》しいもの食べまくるぞ』

ブランドものでもなんでもない、ありきたりな黒いリュックの写真と共《とも》に、SNS《エスエヌエス》に投稿した。

フォロワーから沢山《たくさん》のリプライがつく。

『楽しんでね！』

『博多《はかた》と言ったら、水炊《みずた》き』

『モツ鍋最高《なべさいこう》だよ』

『いやいや。博多ラーメンでしょ』

オススメのお店を教えてとコメントを返《かえ》せば、みんな親切に教えてくれる。

早速《さっそく》、スマートフォンでお店の名前を検索《けんさく》し、よさげな店をチェックした。

『みんな、ありがとう！　旅行先《りょこうさき》でたくさん写真《しゃしん》を投稿《とうこう》するね！』

お礼《れい》の言葉《ことば》を投稿し、雅人《まさと》は旅行に備《そな》えて早めに就寝《しゅうしん》した。

旅行先では、雅人はフォロワーに宣言《せんげん》した通り、たくさん写真を撮《と》ってSNS《エスエヌエス》に投稿した。

フォロワーたちに教えてもらったグルメの写真だけではない。

地元では、身《み》バレしないよう注意《ちゅうい》しながら写真を撮っていたが、博多ならそんなことに気をつかわなくてもいい。

他人《たにん》の顔や、撮影禁止《さつえいきんし》の物《もの》や場所《ばしょ》だけに注意すれば、なんでも撮影できるし、なんでも投稿できる。

グルメや観光《かんこう》を満喫《まんきつ》できたのはもちろんのこと、写真が趣味《しゅみ》の雅人は、心の底《そこ》から旅行を楽しめた。


三泊《ぱく》四日の旅行を終《お》え、雅人たちは最寄《もよ》り駅《えき》まで戻《もど》ってきた。

お土産《みやげ》や、旅《たび》の思い出や記念《きねん》になるものを購入《こうにゅう》し、家族全員《かぞくぜんいん》、行きよりも荷物《にもつ》が重《おも》くなっている。

最寄り駅から雅人たちの家までは徒歩《とほ》二十分ほどだ。けれど、重い荷物を持《も》って歩くのは、疲《つか》れた体には辛《つら》いので、タクシーを使《つか》う。

五分ほどで家に到着《とうちゃく》し、雅人たちはすぐにタクシーから降《お》りる。

「ようやく我《わ》が家《や》に帰ってきたな」

しみじみと呟《つぶや》き、タクシーのトランクから荷物《にもつ》を取《と》りだす父親を、雅人《まさと》は妹と一緒《いっしょ》に手伝《てつだ》う。

すると、先に家の中に入った母親の絶叫《ぜっきょう》が響《ひび》いた。

急《いそ》いで母親のもとへと駆《か》けつけると、部屋《へや》の中はぐちゃぐちゃになっていた。

「空《あ》き巣《す》に入られたみたい……」

母親が震《ふる》える指先《ゆびさき》で示《しめ》す先には、割《わ》れた窓《まど》ガラスがあった。

解説《かいせつ》

雅人《まさと》は毎日、何気ない日常《にちじょう》の風景《ふうけい》を撮影《さつえい》しては、SNS《エスエヌエス》に投稿《とうこう》していました。

アカウントのプロフィールにもアイコンにも、個人《こじん》を特定《とくてい》できるものは何もありません。

ところが、フォロワーの一人〝テルモン〟は、雅人が投稿した写真《しゃしん》から、撮影場所《ばしょ》を特定するだけでなく、少しだけ写《うつ》った制服《せいふく》の袖《そで》から、学校名まで探《さぐ》り当て、リプライしたのです。

このままでは住所《じゅうしょ》まで探り当てられる可能性《かのうせい》を懸念《けねん》し、雅人はテルモンをブロックしました。これで二度《ど》とテルモンに悩《なや》まされることはないという気の緩《ゆる》みから旅行日程《りょこうにってい》をSNSに投稿してしまいました。

これは、雅人自身《じしん》が、自宅《じたく》に誰《だれ》もいない日を全世界《ぜんせかい》に公開《こうかい》したことになります。

その結果《けっか》、雅人の自宅を突《つ》き止めた何者《なにもの》かによって、雅人一家が旅行中を狙《ねら》われ、雅人の家は空《あ》き巣《す》に入られてしまいました。

制服、自宅や学校の周囲《しゅうい》のローカルスポットの写真など、自宅や学校が特定できる写真はストーカー被害《ひがい》にあう可能性があるので投稿してはいけません。まして留守《るす》の期間《きかん》などを公開した場合、空き巣被害にあう可能性が高くなるので要注意《ようちゅうい》です。

9 〝いいね〟が欲《ほ》しくて

朝、悠希《ゆうき》が教室に入ると、恭太郎《きょうたろう》の周《まわ》りにクラスメイトたちが集《あつ》まっていた。

「おはよう。何かあったの？」

人だかりの外側《そとがわ》にいたクラスメイトの大場《おおば》に尋《たず》ねると、興奮《こうふん》したようにスマートフォンを見せてきた。

スマートフォンの画面《がめん》には、プロの漫画家《まんがか》が描《か》いたようなイラストが表示《ひょうじ》されている。

「かっこいいイラストだけど……こんなアニメ、放映《ほうえい》されてたっけ？」

首を傾《かし》げる悠希に、大場が大袈裟《おおげさ》に驚《おどろ》いた顔をする。

「恭太郎とお前って、幼馴染《おさななじみ》だよな？　それなのに、お前、恭太郎がSNS《エスエヌエス》で有名《ゆうめい》な絵師《えし》だって知らなかったのか？」

大場がスマートフォンの画面をスライドさせるたびに、ファンタジー色の強い、クールで

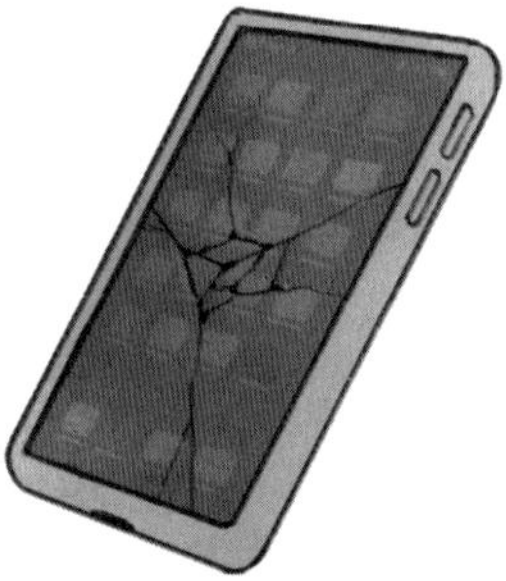

キレイなイラストが表示される。

「ウソだろ？　これを恭太郎が描いたのか？」

悠希は目をまん丸にした。

恭太郎の周囲《しゅうい》にいたクラスメイトたちが、悠希の呟《つぶや》きを耳にして、振《ふ》り返《かえ》る。

「悠希にも内緒《ないしょ》でSNSに投稿《とうこう》してたんだ。どうりでみんな知らないわけだ」

「恭太郎にこんな才能《さいのう》があったなんて、驚きだよな！」

クラスメイトたちの隙間《すきま》から、恭太郎と目が合う。

照《て》れくさそうに笑《わら》う恭太郎に、悠希は小さく手をあげて応《こた》える。

「恭太郎、すげえじゃん。こんなイラスト描いてたなんて、知らなかったよ」

「僕《ぼく》なんてまだまだだよ。全然《ぜんぜん》自信《じしん》ないから、こっそり描いてはSNSにあげてたんだけど
……まさか、フォロワーに加賀《かが》さんがいるなんてね」

恭太郎がチラリと加賀を見る。

「私《わたし》だって、まさか一年以上《いじょう》前から神絵師《かみえし》と崇《あが》めている〝KYO《キョー》〟が、恭太郎くんだったなんて、びっくりしたわ」

聞けば、恭太郎《きょうたろう》がノートに落書《らくが》きを描《か》いているのを目にした加賀《かが》が、「ＫＹＯ《キョー》の絵に似《に》てる！」と声をかけたことから、恭太郎とＫＹＯが同一人物《どういつじんぶつ》だと判明《はんめい》したという。

「ＫＹＯって、フォロワーが一万人を超《こ》える有名《ゆうめい》な絵師《えし》なんだよ。ほんと、恭太郎くんのこと、尊敬《そんけい》しちゃう！」

恭太郎への賛辞《さんじ》が止まらない。

みんながちやほやしているので、悠希《ゆうき》も空気を読んで恭太郎を褒《ほ》める。

けれど、内心まったく面白《おもしろ》くない。

チャイムが鳴り、自分の席《せき》に座《すわ》った悠希は唇《くちびる》を噛《か》みしめた。

「俺《おれ》のほうがアイツよりもなんだってできるのに……」

悠希と恭太郎は近所《きんじょ》に住《す》んでいる。

両親同士《りょうしんどうし》も仲《なか》がよく、物心《ものごころ》がつく前から兄弟のように過《す》ごしてきた。

ただ、悠希は勉強《べんきょう》やスポーツで、恭太郎にこれまで一度《いちど》も負《ま》けたことがない。

そのため、いつの間にか自分よりも下に見ていた。そんな恭太郎が、みんなから持《も》ちあげられていたことを思いだすたびに、悠希の苛立《いらだ》ちは増《ま》していく。

「恭太郎が描けるんだから、俺だって……」

悠希は拳《こぶし》を握《にぎ》りしめた。


学校から帰宅《きたく》すると、悠希はスマートフォンでSNS《エスエヌエス》を開《ひら》いた。

無名《むめい》な絵師や、趣味《しゅみ》で描《か》いているだけの人でも、プロ顔負《かおま》けのイラストを描く人はいる。

なるべくフォロワー数が少なく、あまり人目に触《ふ》れていないものの中で、惹《ひ》きつけられるイラストを探《さが》した。

「この人の絵はちょっと過激《かげき》だし、萌《も》えキャラは、俺自身苦手《じしんにがて》だしなぁ……」

素敵《すてき》なイラストを見つけても、アカウントを確認《かくにん》すると、フォロワー数が多かったり、プロだったりして、なかなか悠希が望《のぞ》むアカウントが見つからない。

一時間以上《いじょう》かけて、ようやく異世界《いせかい》系のライトノベルの表紙《ひょうし》や、RPG《アールピージー》の世界観《せかいかん》を表現《ひょうげん》したようなイラストをアップしている〝クロ〟というアカウントを見つけた。

恭太郎のイラストなんか目じゃない。

むしろ、こんなにうまいのに、なんでフォロワー数が百人にも満《み》たないのか不思議《ふしぎ》なほどだ。

悠希《ゆうき》はクロがアップしたイラストを次々《つぎつぎ》にダウンロードした。

「よし。この人のイラストをアプリで加工《かこう》して使《つか》おう」

トリミングや反転《はんてん》、色の微調整《びちょうせい》に構図《こうず》のバランスなど、いろいろ手を加《くわ》える。

「これならオリジナルとは色味《いろみ》も雰囲気《ふんいき》も違《ちが》うし、自作といって問題《もんだい》ないだろ」

さっそくSNS《エスエヌエス》の自分のアカウントでアップする。

それから、クラスのグループトークにも貼《は》りつけた。

『実《じつ》はさ。恭太郎《きょうたろう》には負《ま》けるけど、俺《おれ》もイラスト描《か》いているんだ』

ついでに、SNSとグループトークのアイコンも、ダウンロードしたイラストに切り替《か》えた。

すぐにみんなから反応《はんのう》がある。

『え！　めちゃくちゃうまいじゃん！』

『恭太郎も凄《すご》いけど、悠希もプロレベルだろ』

他人《たにん》のイラストを加工しただけで神絵師《かみえし》扱《あつか》いされた悠希は、少しだけ罪悪感《ざいあくかん》を覚《おぼ》える。

けれど、恭太郎からのメッセージでそんな気持《きも》ちは吹《ふ》き飛《と》んだ。

『悠希《ゆうき》は何をやらせても人並《ひとな》み以上《いじょう》にできちゃうんだね。本当に尊敬《そんけい》する！』

メッセージを読み、悠希は鼻《はな》を鳴らす。

「何が『尊敬する』だ。本音じゃあ、自分のほうがフォロワー数も多けりゃ、人気もあると思って優越感《ゆうえつかん》に浸《ひた》ってるくせに……」

負《ま》けず嫌《ぎら》いの悠希は、SNS《エスエヌエス》での反応《はんのう》をチェックする。

いままで一番多く〝いいね！〟がつき、フォロワーも十数人増《ふ》えていた。

それでも、KYO《キョー》のフォロワー数には足元にも及《およ》ばない。

親指《おやゆび》の爪《つめ》を噛《か》みながら、悠希はダウンロードしたイラストを眺《なが》めた。

恭太郎《きょうたろう》がKYOとしてイラストを投稿《とうこう》する頻度《ひんど》は月に、二、三枚程度《まいていど》だ。KYOと同レベルのクオリティのイラストを毎日アップし続《つづ》ければ、バズる可能性《かのうせい》は大きい。

たとえバズらなくても、クラスで特別視《とくべつし》されることは間違《まちが》いない。

悠希はニヤリと口端《くちは》をあげ、スマートフォンをタップした。

『これから一ヶ月、毎日イラストをアップします。応援《おうえん》よろしく！』

グループトークとＳＮＳ、両方《りょうほう》で宣言《せんげん》した。


翌朝《よくあさ》、教室に入った途端《とたん》、クラスメイトたちに囲《かこ》まれた。

「なあ、悠希。マジで毎日、あのクオリティのイラストをアップするのか？」

「こんなにうまいのに、なんでイラストが描《か》けることを隠《かく》してたの？」

みんなからの質問《しつもん》に堂々《どうどう》と答える。

「俺《おれ》って、イラストを描くように見えないだろ？　だから、なんか恥《は》ずかしくて……。でも、恭太郎もイラストを描いてることを知って、俺も堂々と発表《はっぴょう》することにしたんだ」

にっこりと笑顔《えがお》を見せれば、みんながさらにもてはやす。

それに気を良《よ》くした悠希は宣言通り、加工《かこう》したイラストをＳＮＳで毎日アップする。

一週間も続けると、友達《ともだち》の後押《あとお》しもあってか、フォロワー数が急激《きゅうげき》に伸《の》び、三桁《けた》になった。

そのタイミングで、運《うん》よく一枚《まい》のイラストがバズった。

「よし！　これで明日の話題《わだい》は俺《おれ》が中心だな！」

深夜《しんや》にSNS《エスエヌエス》をチェックしていた悠希《ゆうき》は、部屋《へや》で一人、ガッツポーズをした。


翌朝《よくあさ》、ウキウキしながら登校《とうこう》する。

教室に入った途端《とたん》、クラスメイトたちの冷《つめ》たい視線《しせん》が突《つ》き刺《さ》さる。

「悠希。お前のこと、凄《すご》い奴《やつ》だと思ってたけど、実《じつ》はズルばっかしてたんだな」

「盗作《とうさく》なんて最低《さいてい》だね。テストでもカンニングしてたんじゃないの？」

仲《なか》のいいクラスメイトたちが、蔑《さげす》んだ表情《ひょうじょう》で悠希を取《と》り囲《かこ》む。

「え？　みんな、なんのことを言ってるんだよ……」

イラストの件《けん》で人気者《にんきもの》になることを想像《そうぞう》し、浮《う》かれていた悠希は、クラスメイトたちから責《せ》められても心当たりはない。

オロオロする悠希のそばに、恭太郎《きょうたろう》がやって来た。

「悠希。他人《たにん》の作品《さくひん》を自分の作品として発表《はっぴょう》するのはマズいよ」

心底失望《しんそこしつぼう》したような顔をして、恭太郎がスマートフォンを差《さ》しだした。

そこには、クロのアカウントが表示《ひょうじ》されていた。

悠希はスマートフォンを手に取り、クロの投稿《とうこう》を確認《かくにん》する。


『フォロワーさんに教えてもらってビックリした。コレって全部《ぜんぶ》、私《わたし》のイラストを加工《かこう》したものだよね？　完全《かんぜん》に一致《いっち》してるよね？』


クロが投稿したコメントの下には、昨夜《さくや》バズった加工済《かこうずみ》イラストだけでなく、いままで悠希が投稿したものと、クロが描《か》いたオリジナルのイラストが、すべて比較《ひかく》されていた。

慌《あわ》てて自分のアカウントを確認する。

バズった加工済イラストにはたくさんのリプライがついていた。

最初《さいしょ》のほうは、『素敵《すてき》』『キレイ』『世界観《せかいかん》が好《す》き』といった、好意的《こういてき》なものだが、途中《とちゅう》からは誹謗中傷《ひぼうちゅうしょう》ばかりだ。

しかも、クロ本人からもリプライがきていた。

『無断拝借《むだんはいしゃく》して、ちょっと加工《かこう》しただけでオリジナルイラストとして使用《しよう》するなんて許《ゆる》せない。著作権侵害《ちょさくけんしんがい》で絶対《ぜったい》に訴《うった》えてやる！』

文字だけでもクロの怒《いか》りがひしひしと伝《つた》わってくる。

とんでもないことになったと、膝《ひざ》から崩《くず》れ落《お》ち、頭を抱《かか》えた悠希《ゆうき》を、クラスメイトたちは誰《だれ》も同情《どうじょう》することはなかった。

解説《かいせつ》

幼馴染《おさななじみ》の恭太郎《きょうたろう》が、イラストで注目《ちゅうもく》を浴《あ》びているのを目の当たりにした悠希《ゆうき》は、自分が見下している相手《あいて》だけに面白《おもしろ》くありませんでした。

恭太郎に負《ま》けたくはないけれど、イラストを描《か》いたことすらない悠希は、他人《たにん》のイラストに手を加《くわ》えて、SNS《エスエヌエス》に投稿《とうこう》することにしました。使《つか》っているイラストは、フォロワー数が百人にも満《み》たないアカウントのものでした。しかも、かなり加工《かこう》しているので、元のイラストとは雰囲気《ふんいき》も色彩《しきさい》も違《ちが》いました。

絶対《ぜったい》にバレないと高を括《くく》っていた悠希でしたが、加工して投稿したイラストがバズり、多くの人の目に晒《さら》された結果《けっか》、元のイラストを描いていた人のアカウントのフォロワーが盗作《とうさく》に気がつき、本人にバレてしまいました。

相手がプロではなく、趣味《しゅみ》でイラストを描いているアマチュアであっても、盗作・盗用《とうよう》した場合は著作権侵害《ちょさくけんしんがい》で罪《つみ》に問《と》われる可能性《かのうせい》があります。

著作権侵害で訴《うった》えられた場合、10年以下《いか》の懲役《ちょうえき》、又《また》は1000万円以下の罰金《ばっきん》などに問われます。

ネット上では、誰《だれ》でも検証《けんしょう》できるため、誰かの著作《ちょさく》を盗用してもすぐにバレてしまいますので、絶対にしてはいけません。

10 偶然《ぐうぜん》聞いたウワサ話《ばなし》を鵜《う》呑《の》みにして拡散《かくさん》

昼休みに、翔也《しょうや》は会社のすぐ近くにあるファミリーレストランに入った。店内は混《こ》み合っている。

休憩《きゅうけい》時間は限《かぎ》られているので、別《べつ》の店に移動《いどう》しようかと思ったが、運《うん》よく二人掛《が》けの席《せき》が空いた。

スタッフに案内《あんない》され、翔也は席に着《つ》くと同時に、曜日替《が》わりのランチを注文《ちゅうもん》する。

水を飲《の》み、人心地ついたところで、隣《となり》の席から甲高《かんだか》い声が響《ひび》いた。

「ねえねえ！　あのウワサ聞いた？」

「ウワサって？」

「三年前くらいに、隣の県《けん》で連続通《れんぞくとお》り魔殺人事件《まさつじんじけん》が起《お》きたでしょ？」

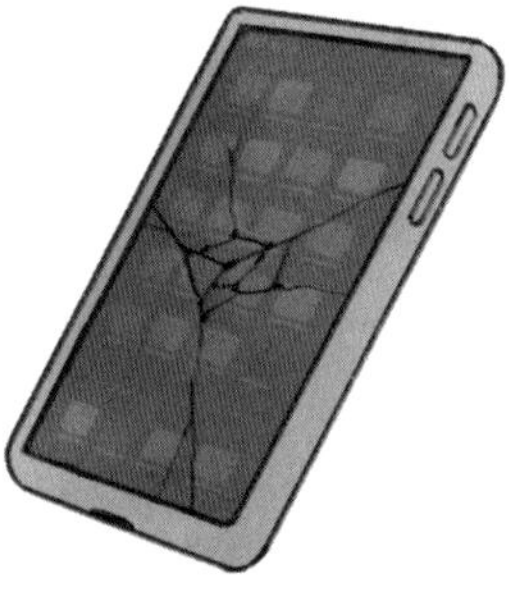

「そんな事件《じけん》あったっけ？」

「ほら、半年前くらいに裁判《さいばん》があってさ。精神鑑定《せいしんかんてい》で、犯人《はんにん》は心神喪失状態《しんしんそうしつじょうたい》だって判断《はんだん》されて話題《わだい》になったじゃん」

「ああ！　六人も殺《ころ》しておいて、無罪《むざい》になったやつね！」

物騒《ぶっそう》な話題が気になり、チラリと隣席《りんせき》を横目《よこめ》で見る。

女子高校生三人組だ。

翔也は興味津々《きょうみしんしん》とばかりに聞き耳を立てた。

「で、それがどうかしたの？」

「無罪って言っても、強制入院《きょうせいにゅういん》させられてるんでしょ？」

連続通り魔殺人事件の話題なんか、どうでもいいといった様子《ようす》の二人に、残《のこ》りの一人が神《しん》妙《みょう》な面持《おもも》ちで問《と》いかけた。

「ねえ。あんたたち、犯人の名前、知ってる？」

二人は顔を見合わせ、首を横《よこ》に振《ふ》る。

「逮捕《たいほ》された時って、未成年《みせいねん》じゃなかったっけ？」

「実名《じつめい》なんか、報道《ほうどう》されてなかったでしょ」

テレビや新聞では実名報道されていなくても、ネット上に晒《さら》されていることは多々《たた》ある。

三人の会話を聞きながら、翔也《しょうや》はスマートフォンで事件《じけん》のことを手早く検索《けんさく》する。

案《あん》の定《じょう》、犯人《はんにん》の名前を見つけた。


「東海林《しょうじ》……」


翔也の小さな呟《つぶや》きは、同時に発《はっ》せられた女子高校生の声に被《かぶ》せられた。

話を聞いていた二人が驚《おどろ》いたような声をあげる。

「ええっ！　東海林って、隣町《となりまち》の病院《びょういん》と同じ名前じゃん」

「もしかして、親戚《しんせき》？　うちの家族《かぞく》、全員《ぜんいん》、東海林病院のお世話《せわ》になってるから、ちょっと怖《こわ》いんだけど」

東海林という珍《めずら》しい苗字《みょうじ》と病院の名前は一致《いっち》している。

しかも、犯人《はんにん》が犯行《はんこう》に及《およ》んだ場所《ばしょ》も病院《びょういん》から近い。根拠《こんきょ》になりそうなものが二つもあるだけに、東海林病院と犯人に何かしら縁《えん》があると言われても納得《なっとく》できる。

翔也《しょうや》が無意識《むいしき》に頷《うなず》いていると、連続殺人事件《れんぞくさつじんじけん》の話をし始《はじ》めた女子高校生が「チッチッチッ」と言いながら、人差《ひとさ》し指《ゆび》を横《よこ》に振《ふ》った。

「親戚《しんせき》どころか、犯人は院長《いんちょう》の息子《むすこ》らしいよ」

声を潜《ひそ》めることなく続《つづ》けられた話によると、犯人が強制入院《きょうせいにゅういん》させられた病院というのも、実家《じっか》である東海林病院だという。

「親が医者《いしゃ》なら、その精神鑑定《せいしんかんてい》も怪《あや》しくない？」

「だよね。病院ぐるみで犯罪者《はんざいしゃ》を助《たす》けて、かくまってるってことじゃん」

三人が話しているのは、あくまでもウワサ話《ばなし》だ。

けれど、身近《みぢか》な場所に凶悪犯《きょうあくはん》が潜んでいる可能性《かのうせい》があるという話なだけに、思わずSNS《エスエヌエス》に投稿《とうこう》してしまう。

『うちの地元の東●林病院。半年前の裁判《さいばん》で心神喪失状態《しんしんそうしつじょうたい》だと判断《はんだん》されて無罪《むざい》になった連続通《とお》り魔殺人犯《まさつじんはん》の実家らしい。犯人の強制入院先も東海●病院だっていう話なんだけど……これが本当なら、かなりヤバくないか？』

投稿ボタンを押《お》したタイミングで、注文《ちゅうもん》した料理《りょうり》が提供《ていきょう》された。
翔也はスマートフォンを脇《わき》に置《お》き、食事《しょくじ》に集中《しゅうちゅう》する。
そして、休憩時間《きゅうけいじかん》が終《お》わるよりも早く、社内に戻《もど》った。

やるべき仕事《しごと》を終えた翔也は、定時《ていじ》に会社をでた。
電車に乗《の》ると、運《うん》よく空席《くうせき》があった。
家の最寄《もよ》り駅《えき》までは三十分ほどかかる。
翔也は空いている席《せき》に座《すわ》ると、スマートフォンを取《と》りだした。
「うわ。なんだこれ？」
ホーム画面上《がめんじょう》にあるSNSアプリのアイコンに、大量《たいりょう》の通知バッジがついていた。

何事《なにごと》かと思い、SNS《エスエヌエス》アプリを開《ひら》く。
すると、昼休みに投稿《とうこう》したものが一気に拡散《かくさん》されていた。
かなりのリプライもついている。

『東海林病院《しょうじびょういん》、怪《あや》しいと思ってたんだよね』
『犯人《はんにん》の東●林の出身地《しゅっしんち》と、東海林病院がある町って同じじゃないか』
『そういや、院長《いんちょう》の息子《むすこ》。ここ数年、姿《すがた》を見たことがないな……』
『あの病院、一族経営《いちぞくけいえい》だから、あり得《え》そう』
『ウワサって言いながら、看護師《かんごし》がリークした実話《じつわ》だったりして』

東海林病院に対《たい》する疑惑《ぎわく》と、辛辣《しんらつ》な意見《いけん》が多い。
中には、『あの病院、患者《かんじゃ》をモルモット扱《あつか》いしているからな。殺人鬼《さつじんき》が身内《みうち》にいるのも理《り》解《かい》できる』『●海林病院で手術《しゅじゅつ》をするなっていう話は地元では有名《ゆうめい》』などといった、誹謗中《ひぼうちゅう》傷《しょう》も見られる。

「へえ。東海林病院って、本当にヤバい病院だったんだな」

リプライを読み終《お》えた翔也《しょうや》は、帰宅《きたく》したら妻《つま》の君江《きみえ》にも東海林病院にいかないよう注意《ちゅうい》すると決《き》めた。

「ただいま」

玄関《げんかん》の扉《とびら》を開《あ》けると、君江が駆《か》け寄《よ》って来た。

「ちょっとちょっと。聞いてよ！　今日、東海林病院大変《たいへん》だったのよ！」

おかえりの言葉《ことば》よりも先に、妻の口からでた言葉は、ちょうど翔也が話したいことだった。

翔也は苦笑《くしょう》しながら返事《へんじ》をする。

「東海林病院の院長の息子が連続殺人犯《れんぞくさつじんはん》だっていう話だろ？」

「やだ。あなたもそのウワサ信《しん》じたの？」

のんき気な声で答えると、君江が呆《あき》れたような声をだした。

思っていた反応《はんのう》とは違《ちが》うことに、翔也は目を丸くする。

「誰《だれ》が流《なが》したウワサか知らないけど、東海林病院の息子さんは海外に留学《りゅうがく》していて、連続殺《さつ》人犯《じんはん》とは無関係《むかんけい》なのに、ひどいわよね。しかも、ウワサを信《しん》じた人たちから押《お》しかけられたり、電話で誹謗中傷《ひぼうちゅうしょう》されたりして、病院《びょういん》は大混乱《だいこんらん》だったみたい」

「え……ウソだろ？」

「東海林病院で働《はたら》いている近所《きんじょ》の奥《おく》さんから聞いたんだから間違《まちが》いないわよ」

淡々《たんたん》とした君江《きみえ》の態度《たいど》から、それが事実《じじつ》だとわかる。まさかという気持《きも》ちから翔也《しょうや》は冷《ひ》や汗《あせ》を流《なが》す。

「そうなんだ。ウワサって怖《こわ》いな……あ、俺《おれ》。とりあえず、着替《きが》えてくるわ」

「あ、ごめん。玄関《げんかん》で引き留《と》めちゃって」

君江に返事《へんじ》をする余裕《よゆう》もなく、翔也は寝室《しんしつ》に駆《か》け込《こ》んだ。

すぐにＳＮＳ《エスエヌエス》を開《ひら》く。

昼間に書いた東海林病院のウワサに関《かん》する投稿《とうこう》を確認《かくにん》する。

『このウワサ、事実無根《じじつむこん》ですよ』

『東●林病院、ウワサの出所《でどころ》を明らかにして、名誉棄損《めいよきそん》で訴《うった》えるらしい』

『ウソのウワサで他人《たにん》を傷《きず》つけるなんて最低《さいてい》！』


翔也を責《せ》めたり、嘲笑《ちょうしょう》するようなリプライが目立つ。

その中には先ほどまで、翔也の意見《いけん》に賛同《さんどう》し、東海林病院のことを悪《わる》く言っていた人たちもいる。

そのことに胸《むね》を痛《いた》めるよりも、『名誉棄損』の文字に危機感《ききかん》を覚《おぼ》えた翔也は、アカウントごと削除《さくじょ》した。

SNS上に、翔也がウワサを流したという証拠《しょうこ》はどこにもない。

それでも最初《さいしょ》のうちは、自分がウワサを流した張本人《ちょうほんにん》だとバレないかと、翔也はビクビクしながら過《す》ごしていた。

けれど、一週間、一ヶ月、二ヶ月と過ぎていくうちに、怯《おび》える気持ちも薄《うす》れていく。

四ヶ月後、ウワサのことなどすっかり忘《わす》れていたある日のことだ。

翔也のもとに、一通の内容証明《ないようしょうめい》の封書《ふうしょ》が届《とど》いた。

「東海林病院《しょうじびょういん》から?」

恐《おそ》る恐る中身《なかみ》を確認《かくにん》する。

中には例《れい》のウワサに対《たい》しての、名誉棄損《めいよきそん》による損害賠償請求《そんがいばいしょうせいきゅう》の文書《ぶんしょ》が入っていた。

解説《かいせつ》

女子高校生が話していた東海林病院《しょうじびょういん》にまつわるウワサを偶然《ぐうぜん》聞いてしまった翔也《しょうや》は、その内容《ないよう》があまりにも衝撃的《しょうげきてき》すぎて、思わずSNS《エスエヌエス》で投稿《とうこう》してしまいました。その投稿内容を信《しん》じた人たちが東海林病院に押《お》しかけたり、電話をかけたりと、大ごとになってしまったのですが、ウワサ話《ばなし》は単《たん》なるデマだと判明《はんめい》。

ウワサの出所《でどころ》は女子高生ですが、ウワサをSNSで拡散《かくさん》したのは翔也です。

名誉棄損《めいよきそん》になることを危惧《きぐ》して、翔也は慌《あわ》てて問題《もんだい》のアカウントを削除《さくじょ》しましたが、病院側のSNS運営《うんえい》会社への開示請求《かいじせいきゅう》により、割《わ》りだされてしまいました。

その結果《けっか》名誉棄損による損害賠償《そんがいばいしょう》を請求を含《ふく》む内容証明《しょうめい》を受《う》け取《と》ることになったのです。

デマを拡散すると罪《つみ》に問《と》われます。風評被害《ふうひょうひがい》が原因《げんいん》で名誉毀損《きそん》罪《ざい》に問われた人もいるので、信頼《しんらい》できる情報《じょうほう》でない限《かぎ》り、拡散しないほうがいいでしょう。

情報の信頼性《しんらいせい》は、「だいふく」で確認《かくにん》！
「だ」は誰《だれ》、情報の一次《いちじ》ソースをあたり発信者《はっしんしゃ》の信頼性を確認する。
「い」はいつ、最新《さいしん》の情報かどうか確認する。
「ふく」は複数《ふくすう》、複数の信頼できる情報があれば信頼できる可能性《かのうせい》が高い。

11 投稿《とうこう》した写真《しゃしん》で、失《うしな》った友情《ゆうじょう》

真奈美《まなみ》は沙由美《さゆみ》と唯《ゆい》と一緒《いっしょ》に、映画鑑賞《えいがかんしょう》をしに杏奈《あんな》の家に集《あつ》まった。

かわいいものが大好《だいす》きな杏奈の部屋《へや》は、白とピンクで統一《とういつ》されていた。

カーテンも寝具《しんぐ》もフリル付《つ》きで、ベッドには豪奢《ごうしゃ》な天蓋《てんがい》までついている。

映画やＳＮＳ《エスエヌエス》でしか見たことのないような華《はな》やかでフェミニンな室内は、まるでプリンセスルームだ。

真奈美たちは目を丸くした。

「こういう部屋に住《す》んでる子が、身近《みぢか》にいるとは思わなかった」

「でも、杏奈って、お嬢様系《じょうさまけい》かロリータ系の私服《しふく》が多いから、違和感《いわかん》ないよね」

振《ふ》り返《かえ》ると、ニコニコ笑《わら》っている杏奈と目が合う。

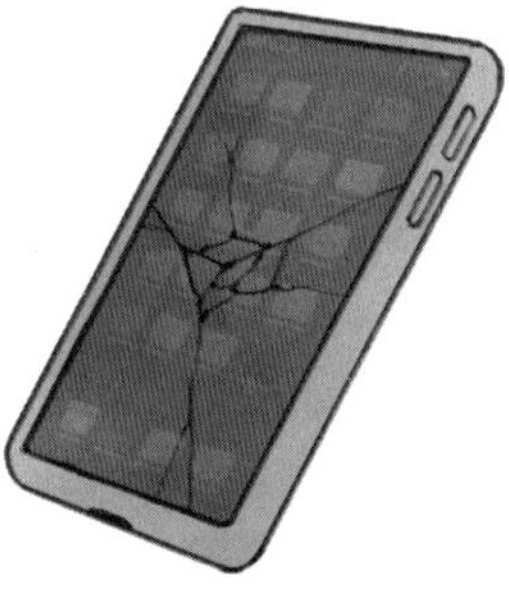

杏奈は不思議《ふしぎ》の国のアリスのようなワンピースを着《き》ていた。

「杏奈って、家でもこんなにかわいい恰好《かっこう》をしてるの？」

真奈美が素朴《そぼく》な疑問《ぎもん》をぶつけると、杏奈は当然《とうぜん》だと言わんばかりに頷《うなず》いた。

「そうだよー。寝《ね》る時はナイトドレスだし」

「へ？　ナイトドレスって何？」

杏奈の口から自然《しぜん》とでた単語《たんご》に、唯が首を傾《かし》げる。

「ふふふ。ドレスって言っても、ワンピース型《がた》のパジャマみたいなものなの」

杏奈が返事《へんじ》をしながら、真《ま》っ白《しろ》なクローゼットの前に移動《いどう》する。

扉《とびら》を開《あ》けると、中にはパステルカラーのワンピースやジャケットがかかっていた。

「ここからここまでがナイトドレスだよ」

杏奈が指《ゆび》をさした洋服《ようふく》を見る。

どれも、寝る時ではなく、普通《ふつう》におでかけできるレベルなのではと思うデザインだ。

容姿《ようし》が整《ととの》っている杏奈は、性格《せいかく》は悪《わる》くないのだが、少々自意識過剰《しょうしょうじいしきかじょう》なところがある。

常《つね》に周囲《しゅうい》から「かわいい」「きれい」と言われるよう、仕草《しぐさ》や笑い方にも気を遣《つか》っていると言っていた。

だからこそ、姫《ひめ》っぽい恰好《かっこう》をしても決《けっ》して浮《う》かない。

ただ、時々《ときどき》、自慢《じまん》やぶりっ子が鼻《はな》につくことがある。

いまも、ナイトドレスを自慢げに披露《ひろう》され、真奈美《まなみ》は苛立《いらだ》ちを覚《おぼ》えた。

「杏奈《あんな》って、学校だけじゃなくて、家でも姫キャラなんだね」

無意識《むいしき》に嫌味《いやみ》が口からでた。

けれど、杏奈は気にする様子《ようす》はない。

「姫だなんて照《て》れるぅ。それより、みんな座《すわ》ろう。ケーキも用意《ようい》してあるんだ」

テーブルの上に置《お》いてあった箱《はこ》の中には、季節《きせつ》のフルーツが盛《も》りつけられたケーキが入っていた。

見るからに高級《こうきゅう》そうだ。

甘《あま》いものに目がない唯《ゆい》だけでなく、真奈美も沙由美《さゆみ》もケーキに目が釘付《くぎづ》けになる。

すると、紅茶《こうちゃ》をカップに注《そそ》いでいた杏奈がクスリと笑《わら》う。

「この紅茶、イギリス王室ご用達《ようたし》なの」

「へえ。高級なんだね」

「ケーキは有名《ゆうめい》なパティシエが作ったものでね。ママがみんなのために取《と》り寄《よ》せてくれたんだよー」

やたらと高級品《こうきゅうひん》アピールをする杏奈に、真奈美はげんなりする。

とはいえ、飲食物《いんしょくぶつ》に罪《つみ》はない。

杏奈に勧《すす》められるがままに、ケーキや焼《や》き菓子《がし》を食べた。

美味《おい》しいものを食べれば、気分もあがる。

会話も弾《はず》み、盛りあがってきたところで、そろそろメインイベントの映画鑑賞《えいがかんしょう》をしようということになった。


映画が始《はじ》まると、全員《ぜんいん》、画面《がめん》に集中《しゅうちゅう》する。

映画は序盤《じょばん》からジェットコースターのような展開《てんかい》で、目が離《はな》せない。

夢中《むちゅう》になって観《み》ている真奈美の肩《かた》を、沙由美がツンツンと指《ゆび》でつつく。

振《ふ》り返《かえ》ると、沙由美がアゴをしゃくる。

なんだろうと思《おも》い、沙由美《さゆみ》が指《さ》し示《しめ》した方へと顔を向《む》ければ、杏奈《あんな》がうたた寝《ね》をしていた。

その顔を見て、真奈美《まなみ》は思わず吹《ふ》きだしそうになり、とっさに口を手で覆《おお》う。

すると、唯《ゆい》が笑《わら》いを押《お》し殺《ころ》しながら呟《つぶや》いた。

「無防備《むぼうび》にもほどがあるでしょ……」

肩《かた》を震《ふる》わせる唯の言う通り、杏奈の寝顔《ねがお》は酷《ひど》かった。

白目をむき、大きく開《ひら》いた口からよだれを垂《た》らしている。

しかも、二重《にじゅう》アゴになっていて、普段《ふだん》のかわいらしい容姿《ようし》は見る影《かげ》もない。

「杏奈って、怒《おこ》った顔やくしゃみですら、男ウケを計算したような顔するじゃん？　こんなブサイクな杏奈って、超《ちょう》レアだし、激写《げきしゃ》しちゃおうよ！」

みんなで笑いながら、それぞれのスマートフォンで杏奈の寝顔を撮《と》る。

シャッター音が鳴《な》り、杏奈が目覚《めざ》めた。

寝起《ねお》きでぼーっとした顔をしていたが、ニヤニヤしている三人の顔とスマートフォンを見て、飛《と》びあがった。

「もしかして、寝顔《ねがお》を撮《と》ったの!?」

杏奈《あんな》は一番近くにいた唯《ゆい》のスマートフォンを奪《うば》うと、アルバムフォルダを確認《かくにん》し、頬《ほお》をふくらませた。

「何コレ、最悪《さいあく》」

唇《くちびる》を尖《とが》らせる杏奈に、沙由美《さゆみ》が笑《わら》いかける。

「これも思い出じゃん」

なだめる沙由美に、杏奈が噛《か》みつくように叫《さけ》んだ。

「こんな顔、一枚《まい》でも残《のこ》しておきたくないっ! みんな削除《さくじょ》して!」

杏奈は唯のスマートフォンを操作《そうさ》し、寝顔写真《しゃしん》を削除した。

あまりの剣幕《けんまく》に、沙由美と真奈美《まなみ》もスマートフォンを操作する。

削除したことを証明《しょうめい》するため、沙由美が杏奈にアルバムフォルダを見せた。

その隙《すき》に、真奈美は別《べつ》のファイルに杏奈の寝顔写真を保存《ほぞん》する。

それから、アルバムフォルダの杏奈の寝顔写真を削除した。

その後映画鑑賞会《えいがかんしょうかい》は、すぐに解散《かいさん》になった。


帰宅《きたく》した真奈美は、自分の部屋《へや》で悪態《あくたい》をつく。

「なんなの、あの子。芸能人《げいのうじん》でもあるまいし……たかが写真でバカみたい」

チリも積《つ》もれば山となる。

杏奈の言動《げんどう》に対《たい》し、少しずつ不満《ふまん》を溜《た》めていた真奈美は、悪口《わるぐち》や不満を吐《は》きだすために作ったSNS《エスエヌエス》の裏《うら》アカウントを開《ひら》いた。


『姫《ひめ》キャラ杏奈・真実《しんじつ》の顔激写《げきしゃ》。閲覧注意《えつらんちゅうい》!』

こっそり保存しておいた杏奈の寝顔写真に、あおるようなコメントをつけて投稿《とうこう》する。

[裏アカウント] 普段運用《ふだんうんよう》しているアカウントとは別《べつ》のアカウント。知り合いなどに教える必要《ひつよう》がないため匿名性《とくめいせい》は高いが、人によっては裏アカウント内で誹謗中傷《ひぼうちゅうしょう》をしたりと攻撃的《こうげきてき》になることもある

すると、一分も経《た》たないうちに、『いいね』やリプライがついていく。

『寝顔《ねがお》くっそ不細工《ぶさいく》ｗｗｗ』

『どこが姫《ひめ》だよ。プリンセスならぬゴブリンセスじゃねえか！』

『ギャップ萌《も》えならぬギャップオエ』

杏奈《あんな》の容姿《ようし》への誹謗中傷《ひぼうちゅうしょう》や、からかうようなリプライばかりだ。

思っていた通りの反応《はんのう》に真奈美《まなみ》は満足《まんぞく》し、ＳＮＳ《エスエヌエス》アプリを閉《と》じた。

翌朝《よくあさ》、学校にいくと、何故《なぜ》か杏奈の姿《すがた》がなかった。

仲良《なかよ》し四人組の中で、いつも杏奈が一番早く登校《とうこう》する。

不思議《ふしぎ》に思い、真奈美はすでに登校していた沙由美《さゆみ》に尋《たず》ねる。

「あれ？　杏奈は休み？」

「あー……朝から杏奈をからかう人がいてね……」

沙由美が困《こま》ったような顔をして返事《へんじ》をした。

その頰《ほお》は赤く腫《は》れている。

「どうしたの、それ」

頰を指《ゆび》さすと、沙由美は苦笑《くしょう》しながらスマートフォンを取《と》りだした。

画面《がめん》には真奈美の裏《うら》アカウントが表示《ひょうじ》されている。

「このアカウントで杏奈のヤバイ寝顔写真《しゃしん》が投稿《とうこう》されていてさ。それを見た人たちが、登校してきた杏奈に突撃《とつげき》してきたのよ」

どうやら杏奈は沙由美をアカウント主《ぬし》だと勘違《かんちが》いしたらしい。

沙由美に罵声《ばせい》を浴《あ》びせながら頰をひっぱたき、泣《な》きながら教室をでていったのだという。

「でもさあ。あの時、うちら全員《ぜんいん》、杏奈の寝顔写真を削除《さくじょ》したでしょ。いったいどうやって流出《りゅうしゅつ》したんだろう?」

首をかしげる沙由美に、真奈美はギクリとした。

裏アカウントのことは、杏奈だけではなく、沙由美にも唯《ゆい》にも内緒《ないしょ》にしている。

ここで、自分のアカウントだと言う勇気《ゆうき》はない。

真奈美《まなみ》は沙由美《さゆみ》と話を合わせることで誤魔化《ごまか》した。

予鈴《よれい》ギリギリで登校《とうこう》してきた唯《ゆい》にも事情《じじょう》を説明《せつめい》する。

神妙《しんみょう》な面持《おもも》ちで話を聞いていた唯が、明るい声をだす。

「写真《しゃしん》が流出《りゅうしゅつ》したことは、なかったことにはできないじゃん？　だったら、これからどうするかが大事《だいじ》だと思うんだよね」

傷《きず》ついた杏奈《あんな》を友達《ともだち》である自分たちが支《ささ》えようという唯に、真奈美も沙由美も同意《どうい》した。


さっそく学校帰りに杏奈の家に寄《よ》る。

けれど、仲良《なかよ》しだった三人のことも信用《しんよう》できないと言って、会うことすら拒絶《きょぜつ》された。

それどころか、杏奈は次《つぎ》の日から学校に来なくなった。

真奈美は、杏奈の知らないところで彼女《かのじょ》を笑《わら》い者《もの》にして憂《う》さ晴らしがしたかっただけだ。

まさか裏《うら》アカウントでの投稿《とうこう》を、同じ学校の人が見ることはもちろんのこと、それが原因《げんいん》で杏奈が不登校《ふとうこう》になるとは夢《ゆめ》にも思わなかった。

さすがに真奈美も罪《つみ》の意識《いしき》に苛《さいな》まれる。

謝《あやま》ろうと思い、電話やメッセージを入れるが着信拒否《ちゃくしんきょひ》されていた。

何度《なんど》も杏奈《あんな》の家にいくが、顔すら見ることができない。

どうすれば杏奈と元通りの関係《かんけい》になれるのか悩《なや》んでいる間に、杏奈は自主退学《じしゅたいがく》してしまった。

自分のしたことを後悔《こうかい》していた真奈美《まなみ》のもとに、杏奈の両親《りょうしん》から「肖像権侵害《しょうぞうけんしんがい》で訴《うった》える」という連絡《れんらく》がきたのは、それから間もなくのことだった。

解説《かいせつ》

真奈美《まなみ》は、杏奈《あんな》から消《け》してと言われた寝顔写真《ねがおしゃしん》を憂《う》さ晴らしをする感覚《かんかく》で、裏《うら》アカウントに投稿《とうこう》しました。その結果《けっか》、その投稿を見た同じ学校の生徒《せいと》に杏奈は寝顔のことでからかわれてしまいました。そして、不登校《ふとうこう》になっただけでなく、寝顔写真の投稿で深《ふか》く傷《きず》つき、自主退学《じしゅたいがく》してしまいました。

杏奈から寝顔写真の掲載許可《けいさいきょか》を得《え》ていないだけでなく、杏奈から「消して」と言われた写真を使用《しよう》していた真奈美は、杏奈の両親《りょうしん》から肖像権《しょうぞうけん》で訴《うった》えられました。

「肖像権侵害《しんがい》」: 肖像権侵害を受《う》けた被害者《ひがいしゃ》は、加害者《かがいしゃ》に対《たい》して不《ふ》法行為《ほうこうい》に基《もと》づき、民事上《みんじじょう》の損害賠償《そんがいばいしょう》を請求《せいきゅう》できる可能性《かのうせい》がある。数万円～数十万円程度《ていど》。

性的姿態《せいてきしたい》を盗撮《とうさつ》した場合は「撮影罪《さつえいざい》」に問《と》われることもあります。

SNS《エスエヌエス》で投稿した内容《ないよう》は、誰《だれ》でも見ることができます。誰にも教えていないアカウントであっても、個人情報《こじんじょうほう》や肖像権に関《かか》わるような投稿はしないようにしましょう。

また、個人情報を流出《りゅうしゅつ》させると、デジタルタトゥーになってしまうこともあります。

自分だけでなく友人の情報にも要注意《ようちゅうい》です。

[**デジタルタトゥー**] インターネット上に投稿者の意図《いと》に反《はん》して半永久的《はんえいきゅうてき》に書き込《こ》まれた情報《じょうほう》や画像等《がぞうなど》をさす。一度《いちど》インターネット上に公開《こうかい》された個人《こじん》情報は、誰《だれ》もが自由《じゆう》にコピーすることができ、一気に拡散《かくさん》されて、入れ墨《ずみ》のように完全《かんぜん》に消すことが難《むずか》しくなります。

12 友人からのお願《ねが》い

航大《こうだい》は大学三年生だ。

午後からとっていた講義《こうぎ》が休講《きゅうこう》になってしまったので、さっさと一人暮《ぐ》らしのアパートに帰宅《きたく》した。

部屋《へや》でのんびり読書を楽しんでいると、着信音《ちゃくしんおん》が響《ひび》く。

「お？　誰《だれ》からだ？」

スマートフォンを手に取《と》る。

画面《がめん》には、Ｔａｌｋ《トーク》アプリの通話機能《きのう》で、ビデオ通話を求《もと》める表示《ひょうじ》がでていた。

親友の涼介《りょうすけ》からだ。

すぐに通話ボタンをタップする。

画面に涼介の顔が映《うつ》しだされた。

「もしもーし。涼介、お前、いま講義中じゃないのか？」

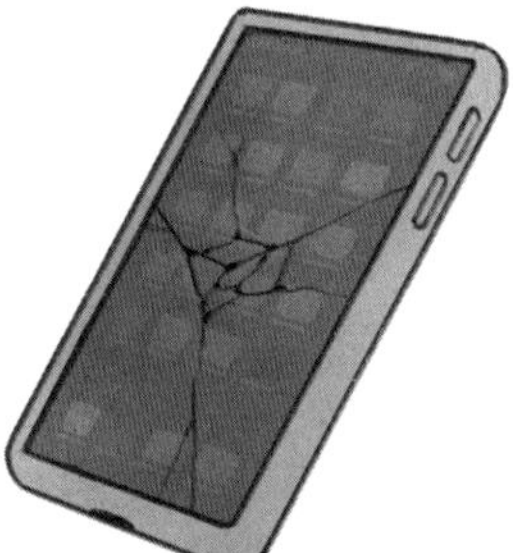

航大と涼介は同じ大学に通っているが、学部《がくぶ》も学科も違《ちが》う。

涼介がとっている講義をすべて把握《はあく》しているわけではないが、確認《かくにん》のため尋《たず》ねた。

すると、涼介が困《こま》ったような顔をする。

「あー……ちょっと困ったことになっちゃってさ。

トイレに行くって言って、いま、講義を抜《ぬ》けだしたんだよね」

「ん？　困ったことって？」

「ツアー費用《ひよう》を今日の十五時までに振《ふ》り込《こ》まないとキャンセルされちゃうんだ」

航大と涼介は、共通《きょうつう》の友人である隆之介《りゅうのすけ》と三人で夏休みに沖縄《おきなわ》へ遊《あそ》びにいく予定《よてい》をたてている。

三人とも沖縄は初《はじ》めていくので、ツアー旅行《りょこう》に申《もう》し込みをしようと旅行会社へ足を運《はこ》んだ。

マリンスポーツ中心のものや、観光地巡《かんこうちめぐ》りがメインのもの、グルメを重視《じゅうし》したものといった、様々《さまざま》なツアーがあった。

航大はマリンスポーツが好《す》きだし、涼介は遺跡《いせき》や文化《ぶんか》が好きだ。

隆之介はどちらも好きだが、かなりの偏食家《へんしょくか》だ。

ツアー旅行《りょこう》だと、いきたい場所《ばしょ》に自由《じゆう》にいけるわけではないし、食事《しょくじ》も決《き》まっている。

しかも、知らない人たちと一緒《いっしょ》に行動《こうどう》しなくてはならない。

かといって、飛行機《ひこうき》と宿泊先《しゅくはくさき》の手配《てはい》などをひとつひとつ個人《こじん》でするとなると、手間もかかるし、費用《ひよう》も割高《わりだか》になる。

旅行会社の人に相談《そうだん》すると、航空券《こうくうけん》と宿泊、レンタカーまでついたお得《とく》なプランを提案《ていあん》された。

さらに、フライボードや四輪《よんりん》バギー、シーサー作りといったオプショナルツアーも現地《げんち》ではなく、旅行会社経由《けいゆ》で申《もう》し込《こ》めると言われ、三人はすぐに飛《と》びついた。

その場で旅行プランや追加《ついか》のオプショナルツアーを決め、その後の旅行会社とのやり取《と》りは、三人のうち一番マメで細かい性格《せいかく》の涼介《りょうすけ》がすることになった。

けれど、タイミング悪《わる》く、試験期間《しけんきかん》やサークルの研修《けんしゅう》旅行等《など》が重《かさ》なって忙《いそが》しい時期《じき》だった。

そのため、ツアー費用を振《ふ》り込みするのをすっかり忘《わす》れてしまっていたのだと、涼介は申し訳《わけ》なさそうな顔をする。

「昼休みに旅行会社カラ電話があってさ。デモ、俺《おれ》、六限目《げんめ》まで講義《こうぎ》がアルンダよ。銀行《ぎんこう》にいく暇《ひま》がないから、俺のカワリに振り込んできてクレナイカ？」

電波《でんぱ》が悪い場所にいるのか、時々《ときどき》画像《がぞう》が乱《みだ》れたり、声のトーンもおかしくなったりして聞き取りづらい。

それでも、航大《こうだい》は涼介の話す内容《ないよう》を理解《りかい》した。

ツアー費用は最初《さいしょ》、航大と隆之介《りゅうのすけ》のぶんを涼介が肩代《かたが》わりして、全額《ぜんがく》旅行会社に振り込むことになっていた。

最終的《さいしゅうてき》に、手数料《てすうりょう》込みで三等分《とうぶん》した金額《きんがく》を航大と隆之介が涼介に支払《しはら》うことになっていたのだが、その涼介の役割《やくわり》を航大がするだけだ。

何も損《そん》することはない。

それに、頼《たよ》りになる涼介に任《まか》せていれば大丈夫《だいじょうぶ》だと思い、確認《かくにん》すらしていなかった航大たちにも非《ひ》はある。

航大は涼介にそのことを謝《あやま》りながら承諾《しょうだく》する。

「全部《ぜんぶ》涼介に任せっぱなしにしていた俺らも悪かったし。ごめんな。振り込みぐらいしてくるよ。いくらだっけ？」

「すまん。ソウ言ってもらえると助《たす》かル。三人分で三十六万円だよ」

「了解《りょうかい》！　すぐに銀行《ぎんこう》で振《ふ》り込《こ》んでくるから、振込先《ふりこみさき》を教えてくれよ」

「うん、メッセージで送《おく》るよ。手間かけてゴメン」

スマートフォンに映《うつ》る涼介《りょうすけ》の画像《がぞう》にノイズが走り、歪《ゆが》む。

「気にすんなって。振り込んだら連絡《れんらく》するから、早く講義《こうぎ》に戻《もど》れよ」

「アリガトウ」

ビデオ通話が切れると、すぐに振込先がメッセージで送られてきた。

駅前《えきまえ》にある銀行までは歩いて十分もかからない。

暇《ひま》をしていた航大《こうだい》は、通帳《つうちょう》とキャッシュカードを持《も》ってアパートをでる。

銀行のＡＴＭ《エーティーエム》を操作《そうさ》し、振込先や振込金額《きんがく》を何度《なんど》もチェックしてから、振り込みを完了《かんりょう》させた。


『振り込み完了！』

ツアー代金《だいきん》のことが気になっていたのだろう。涼介《りょうすけ》からすぐに返事《へんじ》がきた。

『助《たす》かった！　俺《おれ》のツアー費用《ひよう》、早めに渡《わた》し★励◆縺Eど、Ｉｔうが暇《ひま》？』

文字化《もじば》けや誤字《ごじ》が目立つ。

慌《あわ》ててメッセージを打《う》ち込《こ》んだことが伝《つた》わり、航大《こうだい》は小さく笑《わら》いながら、前後の文章《ぶんしょう》をもとにメッセージを解読《かいどく》する。

「ツアーの費用を早めに渡したいってことだよな？」

タイミングよく今日はバイトがない。

航大はすかさず返事をする。

『今日でも大丈夫《だいじょうぶ》だけど、涼介は？』

『俺も大丈夫。手間かけさせちゃったし、飯《めし》でも奢《おご》らせてくれよ』

『え？　まじで？　いいの？　俺、遠慮《えんりょ》しないぞ』

『おう！　じゃあ、十八時半に八幡駅《やわたえき》に集合《しゅうごう》な』

涼介からのメッセージに、航大はＯＫ《オーケー》スタンプを押《お》した。

約束《やくそく》の時間きっかりに、航大は八幡駅に着《つ》いた。

ちょうど帰宅《きたく》ラッシュの時間なので、多くの人で溢《あふ》れかえっている。

航大はきょろきょろと周囲《しゅうい》を見渡《みわた》す。

涼介を探《さが》す航大の両脇《りょうわき》に、ガタイのいい男二人が陣取《じんど》った。

ギョッとする航大は、尖《とが》ったもので背中《せなか》をツンツンとされて息《いき》を呑《の》む。

「騒《さわ》いだら殺《ころ》す。おとなしくついてこい」

背後《はいご》にいる男に囁《ささや》かれた言葉《ことば》から、背中にあてられているものが、ナイフだとわかる。

それと同時に、左右に陣取った男二人が、航大の肩《かた》に腕《うで》を回した。

「そうそう。早くいくぞ」

「みんな、お前を待《ま》ってたんだからな」

二人は航大《こうだい》の肩《かた》を叩《たた》いたり、頭を撫《な》でまわしたりする。

一見、仲良《なかよ》しグループではしゃいでいるように見えるだろう。

周囲《しゅうい》にいる人たちは、真《ま》っ青《さお》な顔をして、震《ふる》えている航大に気がつかない。

突《つ》きつけられたナイフが怖《こわ》くて、航大は抵抗《ていこう》することができない。

そのまま駅《えき》から少し離《はな》れた場所《ばしょ》に停車《ていしゃ》してあった車の前まで連《つ》れてこられた。

「さあ、乗《の》れ」

背中《せなか》をナイフでつつかれる。

だが、ここで車に乗ったら一巻《いっかん》の終《お》わりだと察《さっ》した航大は、車に乗ることを拒《こば》んだ。

「いやだっ！」

おとなしくついてきた航大が、いきなり暴《あば》れだして驚《おどろ》いたのだろう。

肩にのせられていた二人の男の腕《うで》は簡単《かんたん》に振《ふ》り切ることができた。

人の多い駅へと走って逃《に》げようとする航大の腹《はら》に、背後《はいご》にいた男の拳《こぶし》が思いっきりめり込《こ》んだ。

その衝撃《しょうげき》で、航大のポケットからスマートフォンが滑《すべ》り落《お》ちる。

うめき声を漏《も》らし、崩《くず》れ落ちた航大を、男たちが抱《だ》きかかえた。

歩行者《ほこうしゃ》たちが何事《なにごと》かと思い、振り返《かえ》る。

その視線《しせん》を受《う》け、男たちは小さく舌打《したう》ちすると、スマートフォンを拾《ひろ》うことなく、航大を車の中に押《お》し込んだ。

そして、すぐさま走り去《さ》ってしまった。


道路《どうろ》わきで、落ちた航大のスマートフォンが通知音を響《ひび》かせる。

割《わ》れた画面《がめん》に隆之介《りゅうのすけ》からのメッセージ通知が連続《れんぞく》で表示《ひょうじ》されていく。


『大学で涼介《りょうすけ》と会ったんだけど、涼介のスマホ乗っ取《と》りにあったらしいぞ』

『涼介の親とか知り合いに、涼介そっくりな声や顔で、電話やビデオ通話でお金を要求《ようきゅう》したり、迎《むか》えに来てくれっていう連絡《れんらく》がきたらしい』

『もしも、涼介のスマホから連絡きても、無視《むし》してくれって言ってたぞ』

鳴り続《つづ》けるスマートフォンは、通行人に拾《ひろ》われ、交番に届《とど》けられた。
けれど、航大《こうだい》の行方は未《いま》だわからないままだ。

解説《かいせつ》

航大《こうだい》は、涼介《りょうすけ》と隆之介《りゅうのすけ》と一緒《いっしょ》にツアー旅行《りょこう》に行く予定《よてい》をたてていました。

ある日、旅行会社とのやり取《と》りを任《まか》せていた涼介から、Talk《トーク》アプリのビデオ通話で、「今日の15時までにツアー料金《りょうきん》を払《はら》わないとキャンセルされてしまうから、代《か》わりに振《ふ》り込《こ》んできて欲《ほ》しい」と頼《たの》まれました。涼介は大学の講義《こうぎ》でいけないというのです。

ビデオ通話中、画像《がぞう》が乱《みだ》れたり、声もおかしくなったりしましたが、航大は電波《でんぱ》が悪《わる》いだけだと思い、指示《しじ》された振込先《ふりこみさき》に旅行代金《だいきん》を振り込んでしまいました。ところが、航大がビデオ通話していた相手《あいて》は、涼介の電話を乗《の》っ取り、AI《エーアイ》を使《つか》って涼介の顔と声を複製《ふくせい》し、なりすましていた犯罪者《はんざいしゃ》だったのです。

ディープフェイクを使った詐欺《さぎ》やなりすましも多くなっています。

身内《みうち》と声や顔が同じでも、本人とは限《かぎ》らない可能性《かのうせい》がありますので、親子や友達《ともだち》の間で合言葉《あいことば》を決《き》めるなど、警戒意識《けいかいいしき》を高めましょう。

また、落《お》としたり、盗《ぬす》まれたりしたスマートフォンが悪用《あくよう》されたり、犯罪《はんざい》に使われたりする事件《じけん》は、実際《じっさい》にあります。スクリーンロックをかけておくと、スマホを紛《ふん》失《しつ》したり、盗難《とうなん》にあったりしても、個人情報《こじんじょうほう》を悪用されづらくなります。

13 少し困《こま》らせたかっただけなのに

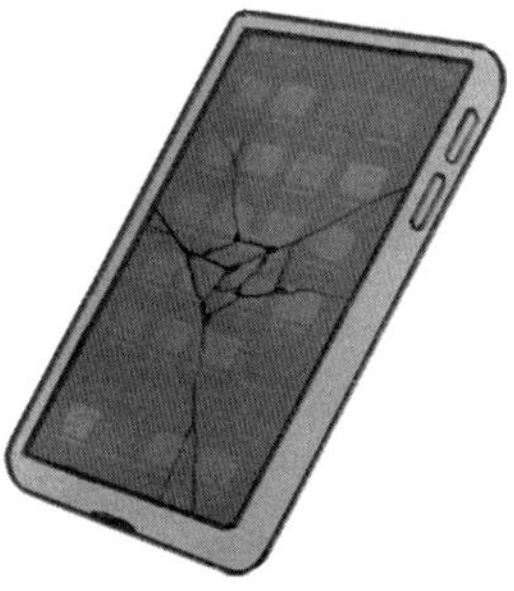

昌磨《しょうま》は、卓《すぐる》と洋平《ようへい》に、担任《たんにん》の井上《いのうえ》の授業《じゅぎょう》でゲームをしようと提案《ていあん》した。

「いいか。次《つぎ》の授業中、井上に変顔《へんがお》しているのがバレた奴《やつ》が罰《ばつ》ゲームな！」

予鈴《よれい》が鳴り、席《せき》につく。ゲーム開始《かいし》だ。

井上が黒板《こくばん》に板書《ばんしょ》をする間、三人は静《しず》かに立ちあがり、変顔をする。

そして、井上が振《ふ》り返《かえ》りそうなタイミングで椅子《いす》に座《すわ》り、真面目《まじめ》に授業を受《う》けているフリをした。

三人ともタイミングはバッチリだ。

昌磨は井上に全神経《ぜんしんけい》を集中《しゅうちゅう》させる。

だが、思わぬところに落《お》とし穴《あな》があった。

井上が生徒《せいと》たちに背《せ》を向《む》けて板書するたびに、立ちあがって変顔をする昌磨たちを見て、クラスメイトたちが笑《わら》いだす。

授業中なので、みんな爆笑《ばくしょう》はしない。

けれど、クスクスという小さな笑い声は意外《いがい》と響《ひび》く。

浮《う》ついた空気を察《さっ》した井上が、板書をしている途中《とちゅう》で、なんの前触《まえぶ》れもなく勢《いきお》いよく振り返った。

立ちあがり、変顔をしていた昌磨と目が合う。

咄嗟《とっさ》に洋平と卓を見る。二人は、すでに着席《ちゃくせき》していた。

昌磨は井上に視線《しせん》を戻《もど》す。

目が点になっていた井上が、眉《まゆ》を吊《つ》りあげる。

「藤井《ふじい》！　そんなに目立ちたいんなら、立ったまま授業を受けなさい」

厳《きび》しい声で井上に注意《ちゅうい》された昌磨は、座ることを許《ゆる》されず、立ちっぱなしで授業を受けた。

後ろに座る生徒たちから「黒板が見えない」と文句《もんく》を言われるたびに、立つ位置《いち》を変《か》えたり、体の向きを変えたりする。

そのたびに、クスクスと小さな笑《わら》いが起《お》きる。その中には、昌磨《しょうま》の好《す》きな子の姿《すがた》もあった。恥《は》ずかしさのあまり、昌磨はうつむく。それと同時に、昌磨は自分がしていた悪戯《いたずら》のことは棚《たな》にあげ、恥《はじ》をかかせた井上《いのうえ》への怒《いか》りがわいてくる。

昌磨は顔を真《ま》っ赤《か》にし、プルプルと体を震《ふる》わせながら授業《じゅぎょう》を立ったまま受《う》けた。

授業が終《お》わると、洋平《ようへい》と卓《すぐる》が駆《か》け寄《よ》ってきた。

「昌磨が罰《ばつ》ゲームな！」

「災難《さいなん》だったけど、みんなの笑いがとれてよかったじゃん」

軽《かる》い口調《くちょう》で話しかけてきた二人を昌磨はジトリと睨《にら》む。

「よくねーよ。井上のせいで加純《かすみ》に笑われたんだぞ」

昌磨が加純のことを好きだと知っている二人は、同情《どうじょう》するような顔をする。

「言われてみれば、立ちっぱなしで授業を受けさせるなんて、パワハラだよな」

「だろ？　授業中にふざけた俺《おれ》も悪《わる》いけど、アイツ、性格《せいかく》悪すぎだろ」

不満《ふまん》を爆発《ばくはつ》させる昌磨に、卓が「それなら」と罰ゲームの内容《ないよう》を提案《ていあん》する。

「罰ゲームはフェイク投稿《とうこう》をしろよ」

明るい声で話す卓は、「井上に復讐《ふくしゅう》もできるし、一石二鳥だぞ」と笑う。

「フェイク投稿？」

「有名《ゆうめい》な歌手が子どもを殴《なぐ》っていたとか、どこかの大統領《だいとうりょう》が爆撃予告《ばくげきよこく》をしたとかっていうニュースが、実際《じっさい》には、音声や画像《がぞう》を加工《かこう》して作られたウソ情報《じょうほう》だったたっていう話。お前も知ってるだろ？」

勘《かん》の鋭《するど》い昌磨《しょうま》は、フェイクニュースの実例《じつれい》を話す卓《すぐる》が、なんの目的《もくてき》でフェイク投稿《とうこう》しろと言ったのか理解《りかい》した。

「あー……なるほどね。井上《いのうえ》のスキャンダルを捏造《ねつぞう》するってわけか」

「そういうこと！　あっちがパワハラするんなら、こっちはアイツのセクハラを捏造しちゃおうぜ」

卓の計画はこうだ。

まず、SNS《エスエヌエス》で新しくアカウントを取得《しゅとく》する。

昌磨たちが通う高校の女子になりすまし、なるべく多くの同級生《どうきゅうせい》や先輩《せんぱい》をフォローし、フォロワーを増《ふ》やす。

それから、井上が女子生徒《せいと》にセクハラしているような画像《がぞう》を作り、投稿するというものだ。

「それ、面白《おもしろ》そうだけど、俺《おれ》、井上の写真《しゃしん》とか持《も》ってないんだよな……」

罰《ばつ》ゲームということを忘《わす》れ、昌磨は真剣《しんけん》に考える。それは卓も洋平《ようへい》も同じだったようだ。

いつの間にか、罰ゲームというよりも、三人で井上に悪戯《いたずら》をしかけ、困《こま》らせてやろうという雰囲気《ふんいき》になっていた。

「俺の母さん、PTA《ピーティーエー》の打《う》ち上げに参加《さんか》した井上の写真持ってると思うよ」

洋平がスマートフォンを操作《そうさ》し、PTAの副会長《ふくかいちょう》をしている母親に、打ち上げの時の写真を送《おく》るよう催促《さいそく》した。その横《よこ》で、卓が赤岩《あかいわ》と一ノ瀬《いちのせ》に声をかける。

「なあなあ。赤岩と一ノ瀬って、バレーボール部《ぶ》だったよな？」

「うん、そうだよ」

「井上って、熱血顧問《ねっけつこもん》っていうの本当？」

この一言で赤岩と一ノ瀬が、井上への文句《もんく》や愚痴《ぐち》を吐《は》きだした。真面目《まじめ》で融通《ゆうずう》が利《き》かない井上に対《たい》して、かなり不満《ふまん》を持っているのがわかる。

昌磨は二人に協力《きょうりょく》を求《もと》めることにした。井上への復讐《ふくしゅう》計画を話す。

二人ともノリノリで部活中《ぶかつちゅう》の写真を撮《と》ることを約束《やくそく》してくれた。

ある程度《ていど》、写真が集《あつ》まるまでは、新しく作成《さくせい》したアカウントでフォロワーを増やす作業《さぎょう》をしていく。

アカウント名は『柏《かしわ》の山JK《ジェーケー》』とした。柏の山というのは、学校名の柏山乃《かしわやまの》高校をもじったものだ。プロフィールには、『最高《さいこう》の高校生活！』とだけ書き、アイコンや背景画像《はいけいがぞう》は、空や花といった無難《ぶなん》なものにする。はじめての投稿《とうこう》は、教室の窓《まど》からの景色《けしき》にした。

『SNS《エスエヌエス》はじめました。みんな気軽《きがる》に仲良《なかよ》くしてね。無言《むごん》フォローごめん』

投稿ボタンを押《お》したあと、友人知人のアカウントを手あたり次第《しだい》フォローしていく。すぐにフォローを返《かえ》してくれる人もいれば、同じ高校に通う相手《あいて》だということで、探《さぐ》りをいれてくる人もいた。身《み》バレしないように、うまく誤魔化《ごまか》しながら、女子になりきって投稿したり、返事《へんじ》をしたりする。

コツコツ地道な作業《さぎょう》を繰《く》り返した結果《けっか》、一週間でフォロワーが百人を超《こ》えた。

「そんじゃ、そろそろフェイク投稿しようかな」

この一週間でかなり写真《しゃしん》が集《あつ》まった。特《とく》に頑張《がんば》ってくれたのは赤岩《あかいわ》と一ノ瀬《いちのせ》だ。

二人は部活中《ぶかつちゅう》、井上《いのうえ》が部員《ぶいん》を指導《しどう》しているところを隠《かく》し撮《ど》りしてくれた。

ホワイトボードを使《つか》ってチーム全体《ぜんたい》の動《うご》きを指導しているところや、レシーブの構《かま》えや、サーブのフォームなど、井上自らが手本になって教えている写真がほとんどだ。

女子生徒《せいと》の体に触《ふ》れて指導しているものはない。

だが、セクハラ画像は加工《かこう》すれば簡単《かんたん》に作ることができる。

部活中に、井上が女子生徒の腕《うで》や腰《こし》を触《さわ》っているような写真を作成《さくせい》した。

『こんな指導、嫌《いや》じゃない？』

疑問形《ぎもんけい》でコメントをつけて投稿した。一分も経《た》たないうちにリプライがつく。

『これ、バレー部《ぶ》だよね？　セクハラじゃん』

『うわ。エロ教師《きょうし》！』

予想《よそう》通りの反応《はんのう》が増《ふ》えていく。昌磨《しょうま》はほくそ笑《え》みながら、静《しず》かにスマートフォンを閉《と》じた。

翌朝《よくあさ》、昌磨が教室に入ると、赤岩と一ノ瀬がクラスメイトたちに囲《かこ》まれていた。

みんな、井上のセクハラ指導は本当なのか聞いているようだ。

二人を横目《よこめ》に見ながら昌磨は自分の席《せき》に座《すわ》る。

「いよいよ、フェイク投稿開始《かいし》したんだな」

背後《はいご》から小さな声で話しかけてきたのは卓《すぐる》だ。

「ああ。今日はもっとすごいヤツを投稿《とうこう》するつもりだ」

昌磨《しょうま》はスマートフォンを卓に見せる。

画面《がめん》に表示《ひょうじ》したのは、洋平《ようへい》から送《おく》られてきたPTA《ピーティーエー》の飲《の》み会写真《しゃしん》を加工《かこう》したものだ。

男性《だんせい》が女子生徒《せいと》にお酒《さけ》を無理矢理《むりやり》飲ませようとしているように見える。

もちろん、写真に写《うつ》っているすべての顔にはモザイクをかけた。

けれど、見る人が見れば、女子生徒にお酒を強要《きょうよう》している人物《じんぶつ》が井上《いのうえ》だとわかる。

「これ、いいじゃん。さっさと投稿しちゃおうぜ！」

ワクワクした様子《ようす》の卓に急《せ》かされ、昌磨は投稿することにした。

『まさかの光景《こうけい》。もちろん、グラスに注《そそ》いでるのはジュースだよね？』

予防線《よぼうせん》を張《は》りながら、フェイク投稿をする。

これが狙《ねら》い通りに炎上《えんじょう》した。生徒の井上に対《たい》する不審感《ふしんかん》をあおっただけではない。

未成年《みせいねん》に飲酒《いんしゅ》を強要しているように見える写真から、保護者《ほごしゃ》たちからのクレームが学校に相次《あいつ》いだ。

洋平の母親からの情報《じょうほう》によると、井上はＰＴＡや教頭たちから呼《よ》びだされ、事情《じじょう》を説明《せつめい》するようせまられた。

まったく身《み》に覚《おぼ》えのない井上は、キッパリと否定《ひてい》したそうだ。そして、保護者たちから突《つ》きつけられた写真を見て、呆《あき》れた顔をしたという。

理由《りゆう》は、洋平の母親が持《も》っていたＰＴＡの打《う》ち上げ写真を、井上も持っていたから。その写真には、井上とＰＴＡ役員《やくいん》が写っている。みんな大人なので、お酒を飲んでいても問題《もんだい》に問《と》われることはない。

井上は、打ち上げ写真と、女子生徒にお酒を強要しているように見える写真とを見比《みくら》べるよう保護者たちに促《うなが》した。

打ち上げ写真に写っている井上の服装《ふくそう》や背景《はいけい》が、女子生徒にお酒を強要しているように見える写真と一致《いっち》したことに保護者たちは驚《おどろ》いた。

よく見れば、強要されている女子生徒の背後には影《かげ》が写っていないし、写真を切り貼《は》りしたような不自然《ふしぜん》さがある。部活指導中《ぶかつしどうちゅう》の写真もそうだ。

合成画像特有《ごうせいがぞうとくゆう》の不自然さが感《かん》じられた。

しかも、バレーボール部員《ぶいん》からはもちろんのこと、同じ体育館《たいいくかん》で部活《ぶかつ》しているバスケットボール部《ぶ》や卓球部《たっきゅうぶ》の部員からも、井上《いのうえ》がパワハラやセクハラ行為《こうい》をしているという証言《しょうげん》は一切ない。

学校側《がっこうがわ》や保護者《ほごしゃ》たちは、井上の身《み》の潔白《けっぱく》を信《しん》じたという。

井上の評判《ひょうばん》を下げるつもりが、悪質《あくしつ》な悪戯《いたずら》に巻《ま》き込《こ》まれた被害者《ひがいしゃ》として、生徒《せいと》たちからも同情《どうじょう》されるキッカケを作ってしまった昌磨《しょうま》は舌打《したう》ちした。

「いつか井上をぎゃふんと言わせてやる」

密《ひそ》かに復讐心《ふくしゅうしん》を燃《も》やしていた昌磨だが、数ヶ月後、校長に呼《よ》びだされた。

校長室には井上もいた。井上が昌磨をギラリと睨《にら》む。

「お前がこのフェイク画像《がぞう》をＳＮＳ《エスエヌエス》で拡散《かくさん》したんだな」

拡散されたデマによって、教師生命《きょうしせいめい》を奪《うば》われそうになった井上は、フェイク画像の投稿者《とうこうしゃ》の個人情報《こじんじょうほう》を開示《かいじ》するよう手続《てつづ》きをしていたのだ。

井上からは名誉棄損《めいよきそん》で訴《うった》えると言われただけでなく、昌磨は学校側からも退学処分《たいがくしょぶん》を言い渡《わた》された。

解説《かいせつ》

昌磨《しょうま》は授業中《じゅぎょうちゅう》に悪戯《いたずら》をして、担任《たんにん》の井上《いのうえ》に注意《ちゅうい》されて、怒《いか》りを覚《おぼ》える。そして、復讐《ふくしゅう》のために昌磨は、井上のスキャンダルを捏造《ねつぞう》し、フェイク投稿《とうこう》（ウソの投稿）をしました。

フェイク投稿を信《しん》じた保護者《ほごしゃ》からクレームがあったり、その投稿内容《ないよう》を問題視《もんだいし》した学校側《がっこうがわ》からの呼《よ》びだしがあったりと、井上は大変《たいへん》な目にあいましたが、そんな事実《じじつ》はありませんでした。

井上は毅然《きぜん》とした態度《たいど》で対応《たいおう》し、SNS《エスエヌエス》に投稿された写真《しゃしん》は合成《ごうせい》であると、自らフェイク投稿の証拠《しょうこ》をつきつけ、身《み》の潔白《けっぱく》を証明《しょうめい》しました。

ウソやでたらめな情報《じょうほう》を拡散《かくさん》させる行為《こうい》は、単《たん》なる悪《わる》ふざけであっても、罪《つみ》に問《と》われる可能性《かのうせい》があります。

昌磨が投稿したフェイク投稿という行為は、一時的《いちじてき》とはいえ、具体的《ぐたいてき》な問題《もんだい》行為を挙《あ》げて井上の信用《しんよう》を毀損《きそん》しており、名誉毀損《めいよきそん》罪《ざい》に該当《がいとう》します。

誹謗中傷《ひぼうちゅうしょう》、名誉毀損にあたることなどを投稿した場合は、開示請求《かいじせいきゅう》されて、名誉毀損罪や侮辱罪《ぶじょくざい》などに問われます。

損害賠償《そんがいばいしょう》請求もされます。たとえ匿名《とくめい》でも手続《てつづ》きを踏《ふ》めばわかってしまうので、問題あることは投稿しないようにしましょう。

14 甘《あま》い言葉《ことば》に騙《だま》されないで

中学二年生の律《りつ》は、欲《ほ》しいゲームがあり、お小遣《こづか》いを貯《た》めていた。

「あーあ。高校生になったらバイトとかできるのになあ……」

早く中学を卒業《そつぎょう》したいなとボヤきながらSNS《エスエヌエス》を開《ひら》くと、DM《ディーエム》が届《とど》いていた。

DMを開くと、魅力的《みりょくてき》な文章《ぶんしょう》が目に飛《と》び込《こ》んできた。

『未成年《みせいねん》でも稼《かせ》げる！　簡単《かんたん》なお仕事《しごと》で一日五万円！』

欲しいものがある律は、すぐさま飛びついた。

『簡単な仕事ってどんなことですか？　中学生でもできますか？』

メッセージを送《おく》ると、すぐに返事《へんじ》がきた。

『返信《へんしん》ありがとうございます。中学生でも大丈夫《だいじょうぶ》です。登録情報《とうろくじょうほう》に応《おう》じたお仕事を紹介《しょうかい》させ

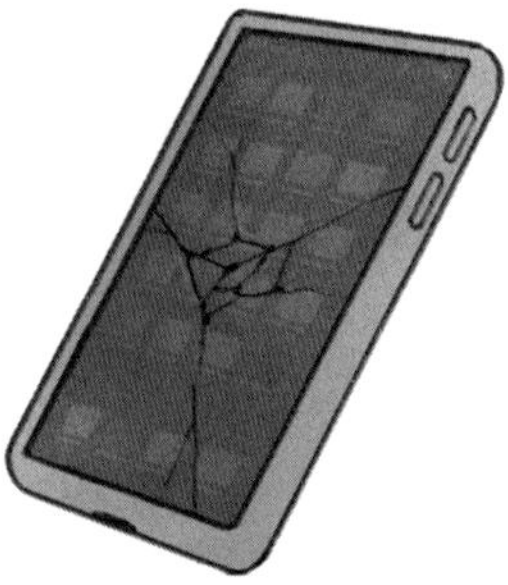

【DM《ディーエム》】ダイレクトメッセージの略称《りゃくしょう》。SNS《エスエヌエス》のメッセージ機能《きのう》を使用《しよう》して特定《とくてい》の相手《あいて》やグループに対《たい》して送《おく》ることを指《さ》します

ていただきますので、まずは利用者《りようしゃ》登録をしてください。登録は下記のURL《ユーアールエル》からよろしくお願《ねが》いします』

丁寧《ていねい》な返事に安心《あんしん》し、律はURLをクリックした。

『簡単・単発《たんぱつ》・即払《そくばら》い！　お仕事探《さが》しはY《ワイ》・WORK《ワーク》』と書かれた、会社のホームページが表示《ひょうじ》される。

スクロールしていくと、登録者人数《とうろくしゃ》や実際《じっさい》の体験談《たいけんだん》などが掲載《けいさい》されていた。登録者数は十万人を超《こ》えている。体験談を読むと、律と同じ年の子がいた。荷物持《にもつも》ちや、決《き》められた文章を電話で読むだけといった簡単な仕事で五万円以上《いじょう》稼げると書いてある。

「中学生でも稼げるんだ！」

律は早速《さっそく》、登録することにした。

住所《じゅうしょ》、氏名《しめい》、年齢《ねんれい》、メールアドレス、携帯《けいたい》の電話番号《ばんごう》を入力する。

身分証明書《みぶんしょうめいしょ》として、生徒手帳《せいとてちょう》をスマートフォンのカメラで写《うつ》し、指定箇所《していかしょ》にアップロードした。

最後《さいご》に暗証番号《あんしょう》を登録し、確認《かくにん》ボタンを押《お》す。一瞬《いっしゅん》で画面《がめん》が切り替《か》わる。

『仮登録《かりとうろく》を受《う》け付《つ》けました。登録されましたメールアドレスにメールを送《おく》りました。メール本文内のURL《ユーアールエル》をクリックして、本登録を完了《かんりょう》してください』

画面《がめん》に書かれた文章《ぶんしょう》を読み終《お》えると、律《りつ》は即座《そくざ》にY《ワイ》・W《ワ》O《ー》R《ク》Kからのメールをチェックした。

「きてるきてる」

本文に記載《きさい》された本登録手続《てつづ》き用のURLにアクセスすると、暗証番号《あんしょうばんごう》を入力する画面がでた。仮登録時に設定《せってい》した暗証番号を入力すると、すぐに本登録完了となった。

登録した直後に仕事《しごと》をくれるとは思っていないものの、律はドキドキしながらメールを待《ま》つ。けれど、二日待っても連絡《れんらく》はこない。

三日、四日と過《す》ぎていき、律が自分とマッチする仕事はないのだと諦《あきら》めかけた時に、Y・WORKから仕事紹介《しょうかい》のメールが届《とど》いた。

『集合《しゅうごう》日時…明後日十七時・金色駅《こんじきえき》近くにある円上公園の出入口

仕事内容《ないよう》…当日、集合場所《ばしょ》に茶色いジャケットを着《き》た男性《だんせい》がいます。

男性から指示《しじ》された場所にいき、荷物《にもつ》を受け取《と》ってください。

荷物を受け取りましたら、再《ふたた》び公園に戻《もど》り、男性に渡《わた》してください。

報酬《ほうしゅう》：五万円
※仕事をお受けになる場合は『ＯＫ《オーケー》』ボタンを押《お》してください』
荷物を預《あず》かって、渡すだけ。それだけで五万円貰《もら》えるのなら、やるに決《き》まっている。

律は迷《まよ》うことなく〇Ｋボタンを押した。


当日、律は時間通りに円上公園にやって来た。メールに書かれていた通り、茶色のジャケットを着た男性がいる。男性は律に気がつくと、笑顔《えがお》で近づいてきた。

「はじめまして、北川《きたがわ》です。大山《おおやま》くんかな？　仕事の内容は聞いてる？」

「大山です。指定《してい》された場所に行って、荷物を受け取ってくるんですよね」

「うん、その通り。この家まで荷物を取りにいってきて欲《ほ》しいんだ」

北川から地図を渡される。

目的《もくてき》の家までは、ここから徒歩《とほ》十分から十五分くらいかかりそうだ。

「佐々木《ささき》さんっていう年配《ねんぱい》の女性《じょせい》が一人で暮《く》らしているんだ。夕方に一人で出歩くのは嫌《いや》みたいで……本当は僕《ぼく》が受《う》け取《と》りにいけたらよかったんだけどねえ」

そこで北川《きたがわ》がズボンの裾《すそ》をめくる。足首に包帯《ほうたい》が巻《ま》かれていた。

「先日、交通事故《じこ》にあってね。軽傷《けいしょう》なんだけど、長時間歩くのは辛《つら》いんだ」

申《もう》し訳《わけ》なさそうな顔をする北川に、律《りつ》は慌《あわ》てる。

「いやいや。足が痛《いた》い時にここから佐々木さんの家までいって帰ってくるのはキツいですよ。俺《おれ》がささっといってきます！」

すぐさま駆《か》けだし、佐々木《ささき》宅《たく》へ向《む》かった。

インターホンを鳴らせば、北川から言われた通り、年配の女性がでてきた。

「北川さんの代《か》わりに荷物《にもつ》を受け取りに来ました」

「ちゃんと準備《じゅんび》しておいたわよ。それより、あの子の怪我《けが》、大丈夫《だいじょうぶ》そう？」

本気で心配《しんぱい》している様子《ようす》から、女性と北川はかなり親密《しんみつ》な関係《かんけい》のようだ。

親子や親戚《しんせき》なのかもしれないと思い、律は公園で聞いた話を口にする。

「はい。交通事故にあったと言っていましたが、そこまで大きな怪我じゃないみたいです。

ただ、ここまで歩くのは無理《むり》なようで……」

「そうなのね……。じゃあ、この袋《ふくろ》。あの子にきちんと渡《わた》してくれる？」

ずっしりと重《おも》みのある袋を受け取り、律は公園に戻《もど》った。

公園のベンチに座《すわ》っている北川に駆け寄《よ》る。

「はい。佐々木さんから預《あず》かってきました」

律から袋を受け取ると、北川は中身《なかみ》を確認《かくにん》し、満足《まんぞく》そうに頷《うなず》いた。

「それじゃあ、これ。今日の報酬《ほうしゅう》ね」

封筒《ふうとう》を手渡《てわた》される。

中を覗《のぞ》くと、一万円札《さつ》が五枚《まい》入っていた。お礼《れい》を言うと、北川は笑顔《えがお》で立ち去《さ》った。


受け取った報酬で、律は週末《しゅうまつ》にお目当てのゲームを買った。自室に引きこもって楽しんでいると、数日ぶりにＹ《ワイ》・ＷＯＲＫ《ワーク》からメールが届《とど》いた。内容《ないよう》を確認すると仕事《しごと》の依頼《いらい》だ。

今度《こんど》の仕事は、待《ま》ち合わせ場所《ばしょ》にいる男性《だんせい》からキャッシュカードを預かり、お金を下ろしてくるだけ。報酬は前回と同じく五万円と書かれている。

子供《こども》のお使《つか》いよりも簡単《かんたん》な仕事《しごと》でお金が手に入るのは魅力的《みりょくてき》だ。

けれど、欲《ほ》しかったゲームを手に入れた律《りつ》は、友人たちとゲームスコアの競《きそ》い合いで忙《いそが》しい。わざわざゲームの時間を割《さ》いてまで仕事をしたいとは思えなかった。

律は断《ことわ》りのメールを入れ、ゲームを再開《さいかい》した。


数十分後、電話の着信音《ちゃくしんおん》が響《ひび》く。相手《あいて》を確認《かくにん》することなく、電話にでる。

「Y《ワイ》・WORK《ワーク》の北川《きたがわ》だけど、大山《おおやま》律くんの電話で間違《まちが》いない？」

「はい、そうです」

この間、一緒《いっしょ》に仕事をした相手だったので、律は素直《すなお》に返事《へんじ》をした。

「君《きみ》、仕事を断れる立場にあると思うの？」

「え？」

「知らなかったのかもしれないけどね。この間、君がした仕事は、特殊詐欺《とくしゅさぎ》の受《う》け子なんだよ……」

ねっとりとした声で告《つ》げられた事実《じじつ》に、律は目を見開《みひら》いた。

「そんなっ！　女性《じょせい》から荷物《にもつ》を受け取《と》っただけなのに……」

愕然《がくぜん》とする律に、男性《だんせい》がさらに追《お》い打《う》ちをかける。

「その荷物《にもつ》は、俺《おれ》たちが女性《じょせい》から引きださせた金だったんだよ。一度《いちど》でも犯罪《はんざい》の片棒《かたぼう》を担《かつ》いだんだ。君《きみ》も共犯《きょうはん》だよ」

「俺は何も知らなかったんだ。警察《けいさつ》に説明《せつめい》すれば、きっとわかってくれるはず」

無意識《むいしき》に犯罪と関《かか》わってしまったことに恐怖《きょうふ》を覚《おぼ》え、すぐさま警察に相談《そうだん》しようとする律《りつ》に、男性《だんせい》が声を荒《あ》らげた。

「警察なんかにいってみろ！　お前ら家族全員《かぞくぜんいん》、地の果《は》てまで追《お》いかけて、ぶっ殺《ころ》してやる。俺たちはお前の個人情報《こじんじょうほう》を握《にぎ》ってるんだ。逃《に》がさないからな」

あまりの剣幕《けんまく》に、律は驚《おどろ》き、言葉《ことば》を失《うしな》った。すると、男性がさらに続《つづ》ける。

「なあに。これからも俺たちの仕事《しごと》を手伝《てつだ》ってくれれば、悪《わる》いようにはしない。家族にも手をださないし、小遣《こづか》いも貰《もら》えるんだ。お前にとってもいい話だろ？」

先ほどとは打《う》って変《か》わって、猫撫《ねこな》で声で話す男性の様子《ようす》から、「仕事の手伝いをしなければ、家族に危害《きがい》を加《くわ》える」ということが伝《つた》わってくる。

自分の浅《あさ》はかな行動《こうどう》で、家族を危険《きけん》に晒《さら》した律は、誰《だれ》にも相談することができず、犯罪組《そ》織《しき》の言いなりになるしかなくなった。

解説《かいせつ》

バイトの求人《きゅうじん》は、会社や店の公式《こうしき》ホームページや、求人広告媒《こうこくばい》体《たい》で募集《ぼしゅう》するのが普通《ふつう》です。SNS《エスエヌエス》のDM《ディーエム》で直接《ちょくせつ》、「バイトしませんか?」と、連絡《れんらく》してくることはまずありません。

少なくとも中高生ができるリスクがない高収入《こうしゅうにゅう》なバイトなどはなく、犯罪《はんざい》の可能性《かのうせい》が高くなります。

けれど、お金が欲しかった律《りつ》は、SNSのDMできた『簡単《かんたん》な仕事《しごと》で高額報酬《こうがくほうしゅう》が貰《もら》える』という言葉《ことば》に飛《と》びつき、バイトの斡旋《あっせん》サイトに登録《とうろく》してしまいました。

その後、「女性《じょせい》から荷物《にもつ》を受《う》け取《と》るだけ」というバイト内容《ないよう》でしたがそれは『受け子』という行為《こうい》で、詐欺《さぎ》に加担《かたん》する闇《やみ》バイトだったのです。闇バイト斡旋サイトに登録した律は、犯罪組織《そしき》に個人《こじん》情報《じょうほう》を握《にぎ》られただけでなく、知らなかったとはいえ、犯罪行為をして、お金を受け取ってしまったことをネタに脅《おど》され、闇バイトから抜《ぬ》けだせなくなってしまいました。

仕事内容が明らかではない、報酬が高すぎる場合は、闇バイトの可能性があります。

闇バイトかもと思ったら、脅されていても自分と家族《かぞく》の身《み》の安全《あんぜん》を守《まも》ってくれるので、警察《けいさつ》に相談《そうだん》すべきです。

警視庁総合相談《けいしちょうそうごうそうだん》センター：#9110または03-350-0110

[ヤング・テレホン・コーナー]：03-3580-4970

15 不在《ふざい》通知

学校から帰る途中《とちゅう》で、蓮《れん》のスマートフォンが鳴った。

聞き慣《な》れない通知音に首を傾《かし》げる。スマートフォンを確認《かくにん》すると、親や友達《ともだち》との電話やメッセージのやり取《と》りで使《つか》っているTalk《トーク》アプリやSNS《エスエヌエス》ではなく、電話番号《ばんごう》で届《とど》くショートメッセージ（SMS《エスエムエス》）が届いていた。宅配業者《たくはいぎょうしゃ》からの不在通知だ。

『カヤマ運輸《うんゆ》です。お客様《きゃくさま》にお荷物《にもつ》のお届けにあがりましたが不在のため持《も》ち帰りました。下記にご連絡《れんらく》ください。http《エイチティーティーピー》://●●●●.com《コム》』

蓮の両親《りょうしん》は共働《ともばたら》きだ。一人っ子で祖父母《そふぼ》もいない蓮の家には、この時間、誰《だれ》もいない。

「そういえば、俺《おれ》、本を注文《ちゅうもん》してたな」

少々《しょうしょう》ミーハーな蓮は、いま話題《わだい》の本を一昨日《おととい》の夜に注文したことを思いだす。

しかも、カヤマ運輸というのは、黒い犬のキャラクターで有名《ゆうめい》な宅配業者だ。

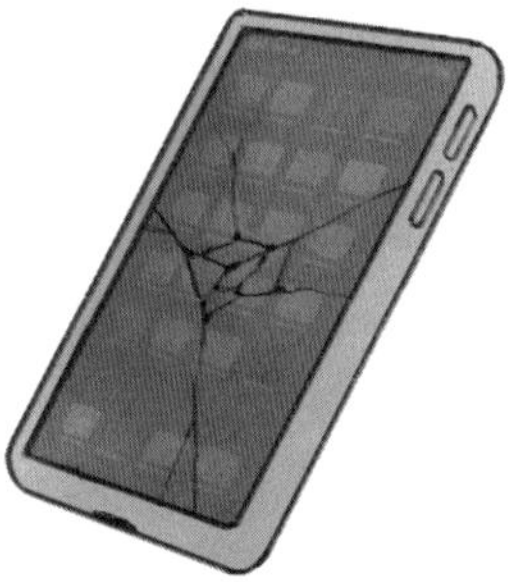

全国的《ぜんこくてき》にも知名度《ちめいど》が高く、蓮がネットショッピングをすると八割以上《わりいじょう》はカヤマ運輸で届いていた。そのため、不在通知がくるのも納得《なっとく》できる。

「この時間だと、今日中に配達《はいたつ》してもらうのは微妙《びみょう》かな……」

配達指定《してい》日時を設定《せってい》しようと思い、蓮はURL《ユーアールエル》をタップした。

「ん？　なになに……」

『荷物の配達日時を変更《へんこう》するには、追跡《ついせき》サービスのアプリをダウンロードしてください』と書かれてある。蓮は指示《しじ》通り、ダウンロードボタンをタップした。

一瞬《いっしゅん》、画面《がめん》が真《ま》っ黒になる。そのあとすぐに『Now Loading《ナウローディング》』の文字が表示《ひょうじ》され、アプリがインストールされた。

「あー……会員登録《かいいんとうろく》も必要《ひつよう》なのか」

面倒《めんどう》くさいと思ったものの、平日《へいじつ》の昼間は、家に誰もいない。荷物を受《う》け取ることができないことは多々《たた》ある。

今後も使う機会《きかい》が多いと思い、登録することにした。

登録には、配達先の郵便番号《ゆうびんばんごう》、住所《じゅうしょ》、氏名《しめい》、電話番号、メールアドレスはもちろんのこと、荷物《にもつ》を送《おく》る時や着払《ちゃくばら》いの荷物をスムーズに受《う》け取《と》るために、クレジットカード情報《じょうほう》も必要《ひつよう》だと書かれてある。

蓮《れん》は未成年《みせいねん》だ。スマートフォンの使用料《しようりょう》は母親のクレジットカード決済《けっさい》になっている。きちんと両親《りょうしん》の許可《きょか》を得《え》てから買うようにしているが、ショッピングサイトに登録《とうろく》してあるクレジットカードも母親が持《も》っているものだ。

「荷物を送ることはほとんどないだろうけど、着払いは母さんのクレカで問題《もんだい》ないよな」

ショッピングサイトに登録した母親のカード情報を確認《かくにん》しながら、宅配業者《たくはいぎょうしゃ》のアプリに登録していく。

会員《かいいん》登録を終《お》えると、不在《ふざい》通知のきた荷物の配達《はいたつ》日時の変更《へんこう》にとりかかる。

「やっぱり今日中は無理《むり》か……なら、明日の十八時以降《じいこう》だな」

希望《きぼう》日時を入力し、完了《かんりょう》ボタンをタップする。

『配達日時の変更を承《うけたまわ》りました』という文章《ぶんしょう》を確認し、蓮はアプリを閉《と》じた。

翌日《よくじつ》、学校から帰宅《きたく》すると、郵便受《ゆうびんう》けに注文《ちゅうもん》していた本が入っていた。

15 不在通知

「あれ？　配達日時を変更する時に、置《お》き配可《はいか》のボタンを押《お》しちゃってた？」

置き配とは、あらかじめ指定《してい》しておいた場所《ばしょ》に、非対面《ひたいめん》で荷物を届《とど》けてもらうサービスだ。

しかし、蓮は置き配を選択《せんたく》した記憶《きおく》がない。

とはいえ、宅配業者が効率《こうりつ》のいいルートで荷物を配達したい気持《きも》ちはわからないでもない。

本は腐《くさ》るものではないし、注文したショップによっては、定形外郵便《ていけいがいゆうびん》やポストイン専用《せんよう》の宅配《たくはい》サービスを使《つか》っている場合もある。

大らかな性格《せいかく》の蓮は、無事《ぶじ》に本が届いたことに満足《まんぞく》し、指定した時間外に荷物が郵便受けに届いたということについては、特《とく》に気にすることはなかった。


数日後、授業《じゅぎょう》が終わり、蓮がスマートフォンの電源《でんげん》を入れると、不在着信《ちゃくしん》の通知が何件《けん》もあった。

親から緊急《きんきゅう》の連絡《れんらく》があったのかと思い、慌《あわ》てて着信を確認する。

どれも見知らぬ番号《ばんごう》ばかりだ。訝《いぶか》しく思い、眉間《みけん》に皺《しわ》を寄《よ》せる。

そこで再《ふたた》び見知らぬ番号から電話がかかってきた。

詐欺《さぎ》電話やセールスの電話かと思い、警戒心《けいかいしん》から不機嫌《ふきげん》な声で電話にでる。

「もしもし」

つっけんどんな言い方をすれば、受話《じゅわ》口の向《む》こうから戸惑《とまど》うような女性《じょせい》の声が聞こえた。

「あの……不在《ふざい》通知を受《う》け取《と》ったのですが……」

蓮《れん》は高校生だ。配送業《はいそうぎょう》でバイトもしていない。

もちろん、「不在配達《はいたつ》」を偽《いつわ》った悪戯《いたずら》電話やメールもしていない。

まったく身《み》に覚《おぼ》えがないので、蓮はきちんと否定《ひてい》する。

「申《もう》し訳《わけ》ありませんが、僕《ぼく》は単《たん》なる男子高校生です。電話番号《ばんごう》を間違《まちが》えてかけていると思いますので、もう一度《いちど》、きちんと電話番号を確認《かくにん》したうえで、配達業者《ぎょうしゃ》にかけ直してください」

「え？　あ、履歴《りれき》から折《お》り返《かえ》したんですけど……違《ちが》っていたみたいですね」

相手《あいて》が慌《あわ》てたように電話を切った。蓮は間違い電話の下に並《なら》ぶ、見知らぬ電話番号を眺《なが》めて呟《つぶや》く。

「この不在着信《ちゃくしん》も全部《ぜんぶ》間違い電話ってことはないよな？」

あり得《え》ないことを想像《そうぞう》した蓮は、「そんなまさか」と苦笑《くしょう》したのだが、一時間も経《た》たずに、また見知らぬ電話番号から電話がかかってきた。

今度《こんど》もまた先ほどの電話と同じく、荷物《にもつ》の不在通知の問《と》い合わせだった。

「どういうことだ？」

いよいよ怖《こわ》くなり、どう対処《たいしょ》しようかと悩《なや》んでいると、またもやスマートフォンが着信音《ちゃくしんおん》を鳴らす。さすがに気味《きみ》が悪《わる》い。

電話にでないでいると、留守番《るすばん》電話に切り替《か》わる。

一分ほどで留守番電話アプリのアイコンに『1』と通知バッジがつく。

蓮は留守番電話アプリを起動《きどう》させ、伝言《でんごん》メッセージを再生《さいせい》した。

「お昼頃《ひるごろ》に、荷物の不在通知の連絡《れんらく》をもらった林です。また、連絡ください」

そこで伝言が切れた。先ほどの間違い電話とまったく同じ内容《ないよう》だ。

「いったいどういうことだよ……」

一度だけならまだしも、三度目となるとそうはいかない。

電源《でんげん》を落《お》としていた時に残《のこ》されていた、複数《ふくすう》の不在着信のこともあり、蓮は親に相談《そうだん》することにした。

仕事《しごと》から帰宅《きたく》した母親にスマートフォンを持《も》って、駆《か》け寄《よ》る。

「おかえり、母さん。ちょっと見てよ」

不在着信《ふざいちゃくしん》の履歴《りれき》を見せると、母親は首を傾《かし》げた。

「今日はたくさん電話がきたのね」

おっとりと話す母親に、蓮《れん》は「そうじゃなくてっ！」と声を荒《あ》らげた。

「これ、全部《ぜんぶ》知らない電話番号《ばんごう》なんだよ。それに、これ、聞いてよ」

留守番《るすばん》電話に残《のこ》された伝言《でんごん》メッセージを聞かせた。

「単《たん》なる間違《まちが》い電話じゃないの？」

きょとんとした顔をしている母親に、蓮はまくし立てる。

「だから、こういう電話が何度《なんど》もかかってきてるんだって！」

説明《せつめい》している間にも、また間違い電話がかかってきた。

これも荷物《にもつ》の不在通知が来て、連絡《れんらく》してきた人からだった。

ここでようやく母親もおかしいと感《かん》じたようで、表情《ひょうじょう》を硬《かた》くした。

「蓮の電話番号が悪用《あくよう》されているのかもしれないわね。明日、一緒《いっしょ》に携帯《けいたい》電話ショップにいって、電話番号を変《か》えましょう」

手続《てつづ》きや変更《へんこう》後の作業《さぎょう》が面倒《めんどう》くさいと言っている場合ではない。

蓮は母親の提案《ていあん》に頷《うなず》いた。

翌日《よくじつ》、携帯電話ショップを訪《たず》ねると、蓮のスマートフォンはすでに乗《の》っ取《と》られていることが判明《はんめい》した。

スタッフに調《しら》べてもらうと、蓮のスマートフォンから宅配業者《たくはいぎょうしゃ》を装《よそお》ったショートメッセージが大量《たいりょう》に発信《はっしん》されていて、かなりの国際《こくさい》通話料金《りょうきん》が請求《せいきゅう》されることと、限度額《げんどがく》いっぱいまでキャリア決済《けっさい》を使《つか》われていることがわかった。

「いったい何に決済が使われてたの？」

母親に急《せ》かされ、蓮はスマートフォンでキャリア決済の購入《こうにゅう》履歴を確認《かくにん》する。

決済履歴をチェックしていくと、すべて電子マネーを購入したものだった。

「電子マネーだけって……蓮は購入していないのよね？」

訝《いぶか》しそうな顔をする母親に、蓮は首を激《はげ》しく横《よこ》に振《ふ》る。

二人の様子《ようす》を見ていた携帯《けいたい》ショップのスタッフが、おずおずと声をだした。

「スマートフォンに紐《ひも》づけされているクレジットカードは大丈夫《だいじょうぶ》ですか？」

その一言に母親がハッとする。すぐさま、スマートフォンでクレジットカード会社のアプリを開《ひら》き、履歴《りれき》を確認《かくにん》した。

「ウソでしょ……ゲームアプリや、海外通販《つうはん》サイトでの購入《こうにゅう》履歴があるわ」

震《ふる》える声に反応《はんのう》し、蓮は咄嗟《とっさ》に母親が持《も》つスマートフォンを覗《のぞ》く。

カード利用限度額《りようげんどがく》——百万円近くまで、身《み》に覚《おぼ》えのないものが購入されていた。

絶望《ぜつぼう》する二人の様子を見て、これはただ事《ごと》ではないと思ったのだろう。

携帯電話ショップのスタッフが警察《けいさつ》に連絡《れんらく》をいれた。

解説《かいせつ》

このSMS《エスエムエス》はスミッシングという詐欺《さぎ》。蓮《れん》がダウンロードしたのは不正《ふせい》なアプリでした。

このアプリによって、蓮の電話番号《ばんごう》で蓮と同じSMSが第三者宛《だいさんしゃあ》てに送信《そうしん》されてしまいました。しかも、蓮は不正アプリに、個人情報《こじんじょうほう》とクレジットカードの情報を入力してしまったため、キャリア決済《けっさい》だけでなく、クレジットカードも不正利用《りよう》されてしまったのです。

メールなどのフィッシング詐欺の他《ほか》、SMSでのフィッシング詐欺、スミッシングも増《ふ》えています。

宅配業者《たくはいぎょうしゃ》、金融機関《きんゆうきかん》など、実在《じつざい》の企業《きぎょう》になりすまして送《おく》りつけてくるため、メッセージだけでは見破《みやぶ》れないことも多いです。

送られてきたURL《ユーアールエル》はタップしないこと。気になる内容《ないよう》は、ブックマークをする。公式《こうしき》アプリなどでログインして、本当にそうなのか確認《かくにん》しましょう。

［**フィッシング詐欺《さぎ》**］銀行《ぎんこう》やクレジットカード会社、上場企業《きぎょう》の名を騙《かた》ったメールを送《おく》り、本物《ほんもの》と同じようなサイトに誘導《ゆうどう》します。疑《うたが》わずにクレジットカード番号《ばんごう》やセキュリティコードを入力してしまうと、カード番号・ＩＤ《アイディー》・パスワード・口座情報《こうざじょうほう》などを抜《ぬ》き取《と》られる恐《おそ》れがあります　［**スミッシング**］スミッシングは上記のフィシング詐欺をショートメッセージサービス（SMS《エスエムエス》）を用いて同様《どうよう》の詐欺を行う犯罪《はんざい》のことです

解説《かいせつ》

高橋暁子《たかはしあきこ》

SNS《エスエヌエス》はとても楽しいものです。だれかと親しくなったり、役立《やくだ》つ情報《じょうほう》を得《え》たり、自分の言葉《ことば》を世界《せかい》中の人に届《とど》けることもできます。

しかし、使《つか》い方を間違《まちが》えると、逆《ぎゃく》に仲《なか》が険悪《けんあく》になったり、事件《じけん》に巻《ま》き込《こ》まれることがあります。この巻《かん》には、SNSの使い方を間違えた人たちがたくさんでてきます。

SNSは文章《ぶんしょう》でのやり取《と》りが中心ですが、文章のみでのやり取りは誤解《ごかい》を生みやすく、自分の気持《きも》ちを伝《つた》えたり、相手《あいて》の気持ちを読み取ることが難《むずか》しいという特徴《とくちょう》があります。うまくコミュニケーションするためには、身近《みぢか》な人との練習《れんしゅう》が必要《ひつよう》です。

また、SNSなどのネットでのやり取りでは、年齢《ねんれい》や性別《せいべつ》、職業《しょくぎょう》、本心を偽《いつわ》ることができます。

誰《だれ》もが本当のことを言っているとは限《かぎ》らないのも、難しい点です。

ネットの情報やネットで知り合った人は、信用《しんよう》しすぎず疑《うたが》うことも大切です。

冒頭《ぼうとう》でＳＮＳを使えば世界中の人に言葉を届けられると言いましたが、逆に言えば、皆《みな》さんの投稿《とうこう》は、世界中の人に見られる可能性《かのうせい》があるということです。ＳＮＳのほとんどは、公開範囲《こうかいはんい》を制限《せいげん》しない限り、検索対象《けんさくたいしょう》となり、世界中の人が投稿を見ることができます。

つまり、思った以上《いじょう》に多くの人に見られる可能性があるというわけです。

その中には、残念《ざんねん》ながら、悪意《あくい》がある人も混《ま》じっています。個人《こじん》情報を公開しすぎた結果《けっか》、お金を盗《と》られてしまったり、誘拐《ゆうかい》や性被害《ひがい》などにあってしまうこともあります。デマや問題《もんだい》があることなどを投稿すると、多くの人に迷惑《めいわく》をかけたり、内容《ないよう》によっては罪《つみ》に問《と》われてしまうこともあります。

その他《ほか》にも、詐欺《さぎ》メッセージが届いたり、ＳＮＳ経由《けいゆ》で犯罪《はんざい》に巻き込まれたり、逆に自分が犯罪者《はんざいしゃ》になることまであるので、適切《てきせつ》な使い方を知って使う必要があります。

文 藤白 圭 kei Fujishiro

「意味が分かると怖い話」(河出書房新社)でデビュー。「意味怖」シリーズは累計41万部超、若い世代を中心に大きな支持を得ている。他の著書に『怖い物件』『私の心臓は誰のもの』(河出書房新社)、『意味が分かると怖い謎解き 祝いの歌』(双葉社)、『異形見聞録』(PHP研究所)、『謎が解けると怖いある学校の話』(主婦と生活社)、『消された1行がわかるといきなり怖くなる話』(ワニブックス)などがある。

絵 中島花野 kano Nakajima

長野県生まれ。武蔵野美術大学卒業。デザイン事務所に勤務後、フリーのイラストレーターとして活動を始める。装画作品に『ぼくはうそをついた』(ポプラ社)、『でぃすぺる』(文藝春秋)、『光の粒が舞いあがる』(PHP研究所)などがある。

監修 高橋暁子 Akiko Takahashi

ITジャーナリスト、成蹊大学客員教授。10代によるLINE・Instagram・TikTok・XなどのSNSの利用実態、情報リテラシー教育に詳しい。『ソーシャルメディア中毒』(幻冬舎)などの著書、NHK等メディア出演多数。

ぼくのたった一つのミス

1 SNS/AI編

2025年2月28日 第1刷発行
2025年7月31日 第2刷発行

文 藤白 圭
絵 中島花野
監 修 高橋暁子
発行者 小松崎敬子
発行所 株式会社岩崎書店
〒112-0014 東京都文京区関口2-3-3 7F
電話 03-6626-5080(営業) 03-6626-5082(編集)
装 丁 アルビレオ
印刷所 三美印刷株式会社
製本所 株式会社若林製本工場

ISBN 978-4-265-09224-6 NDC913 19×13cm 184p

岩崎書店ホームページ https://www.iwasakishoten.co.jp/
ご意見ご感想をお寄せください。info@iwasakishoten.co.jp
乱丁本、落丁本は小社負担にておとりかえいたします。